·文学新观赏·青少年读写范典丛书·

共舞月光下

童树梅 | 著

花山文艺出版社

图书在版编目(CIP)数据

共舞月光下 / 童树梅著. —石家庄：花山文艺出版社，2013.6（2021.6重印）

（"读·品·悟"文学新观赏·青少年读写范典丛书）

ISBN 978-7-5511-1026-6

Ⅰ.①共… Ⅱ.①童… Ⅲ.①小小说-小说集-中国-当代 Ⅳ.①I247.8

中国版本图书馆CIP数据核字(2013)第112185号

丛 书 名：文学新观赏·青少年读写范典丛书
主　　编：高长梅　王培静
书　　名：**共舞月光下**
作　　者：童树梅

策　　划：张采鑫
责任编辑：董　舸
责任校对：齐　欣
特约编辑：李文生
全案设计：北京九洲鼎图书有限公司
出版发行：花山文艺出版社（邮政编码：050061）
　　　　　（河北省石家庄市友谊北大街330号）
销售热线：0311-88643221
传　　真：0311-88643234
印　　刷：永清县晔盛亚胶印有限公司
经　　销：新华书店
开　　本：710×1000　1/16
字　　数：165千字
印　　张：11.5
版　　次：2013年7月第1版
　　　　　2021年6月第2次印刷
书　　号：ISBN 978-7-5511-1026-6
定　　价：36.00元

（版权所有　翻印必究·印装有误　负责调换）

读，是为了更好地写

高长梅

阅读的目的是长见识，是提升自己的文化素养。这是"读"的基本意义。

很多时候，我们的阅读也无任何的目的，就是为了消遣，为了解闷，为了打发时光。其实，这是"读"的另一种境界。

但对学生乃至爱好写作的人而言，"读"还是为了"写"，即人们常说的"读写结合"。这，却是大有讲究的。

"读什么"，"怎么读"，"读"如何促进"写"，这个问题困扰人们少说也有两千多年了。外国不言，单说我国自《诗经》始，《四书五经》到《千家诗》《古文观止》《唐诗三百首》，哪一个的"读"不涉及后人的"写"？"熟读唐诗三百首，不会作诗也会吟"就说明了"读"和"写"的朴素关系。

"读"于"写"的第一点，当是语言的积累。对绝大多数人而言，"会说"也"能说"几乎是与生俱来的，但这些不一定就是我们写作的语言。即使你"会说"、"能说"，但不一定能准确表述你的想法，你的所见所闻；尤其是不一定能用丰富的、生动的、形象的语言或简洁的、凝练的、科学的语言来描述人或事物或观点。写作当如建房，没有各式各样的语料积累，其结果可想而知。巧妇难为无米之炊，再牛的能工巧匠没有基本的建筑材料他也盖不起房子来。但语言积累，不是简单的语言记忆，要内化为自己的，要在自己的胸中发酵，要让它带上自己的思想、情感。这样，在写作运用时，就不会是简单的模仿甚至抄袭。即使是原句引用，也会与你的文章融为一体，恰到好处。初学写作者，常常苦恼自己词汇少，不能准确表述自己的思想;或苦恼自己写得干巴巴的,没血没肉;或苦恼自己虽写得字通句顺,却不像别人写的那样摇曳多姿;等等。多积累语言,是根治这种"疾病"的唯一药方。因此,我们在"读"时,就要看别人是怎么用字、怎么用词、怎么用句……来描写、叙述、来情、议论的。

"读"于"写"的第二点,当是技巧的化用。"我手写我心",看似简单轻松,看似随意,但正如建房,砖头、瓦块、木料等都摆在了你的面前,却不是任何人都建得了房的,你得有建房的技能。写作也是一样,你得掌握一定的技巧。人物怎么描写,事件怎么叙述,情感如何抒发,道理如何论证,等等,你得掌握其基本的方法,然后才能"心到手到",写出一篇像样的文章。我们要像建房者,先做"小工",看人家是如何砌墙、如何粉刷的;然后做"匠人",亲自实践,在模仿中掌握其方法,逐渐为我所用;"匠人"做多了,熟练了,就成了"师傅"。"师傅"一级,技巧娴熟,房建得漂亮。而用心的"师傅"爱钻研,爱琢磨,结合他人的方法创造出更好的新方法,他就成了"建筑师"。写作同理。我们不少阅读者,语言的积累比较重视,但琢磨人家写作技巧的不多,所以文学爱好者不少,但成为作家的就少多了,原因大概与这有一定的关系。因此,我们在"读"时,就要看别人是如何选择材料、如何谋篇布局、如何安排结构、如何运用表达方式、如何布置情节……看他们如何安排重点、如何把人物写活、件、如何条分缕析丝丝入扣、如何巧妙起承转合……

"读"于"写"的第三点,当是思想的融合。有了语言的积累,也掌握了一定的技巧,文章也写得是这么一回事了。但你的文章仅仅止于此,那也不过如同一栋能住人的房子而已。一篇文章品质的高低,除了语言的准确、生动、丰富、优美、灵动……除了构思的奇巧、结构的多元、情节的波澜、布局的精妙、手法的多变……是否有思想就显得格外重要。我们常说,这篇文章语言优美,构思巧妙,但立意不高。我们还常说,这篇文章不仅语言优美,构思巧妙,而且立意高,有思想。一篇仅靠语言打扮的文章,就好比一个俗人涂脂抹粉；一篇仅靠卖弄技巧和语言的文章，就像一个没有灵魂的美人卖弄风骚而已。语言可以记忆，技巧可以模仿，但思想要靠领悟，要融入作品之中去反复地阅读，要从深层次去寻找作者的精神。有的人的文章写得很美，技巧也妙，但就是没有深度，没有思想，没有灵魂，没有底蕴，往往就事论事，往往只是当复印机，复制了场景，复制了人物，复制了事件，但都是没有活力，没有生气，没有精神的。在阅读中提升自己的思想，的确常被我们忽视。思想靠别人的潜移默化来，精神也靠别人的影响而来。我们常听说在阅读中提升了自己，净化了自己，受了一次洗礼似的教育，等等，大约就是指这些吧。所以，我们在"读"时要琢磨别人是如何通过人物的描写表现人物的思想、精神，琢磨别人如何通过将一般人眼中的小事、凡事写出其社会价值，琢磨别人如何从一滴露珠看出太阳的光芒……如何选择语言材料最准确、最鲜明地表达出思想内容而非干巴巴贴标签，如何通过景、人、物悟出其蕴含的道理而非故弄玄虚牵强附会……

"读"于"写"的第四点，当是情感的交融。文章当有情，无论你是否抒了情，情就不自觉地流出了你的笔端。阅读中，我们除汲取作者的语言养料、技巧养料、思想养料外，还要品味、感受作者的"情"。与作者同悲，与作者人物同喜，置于作者笔下的优美环境而赏心悦目，等等。这就是受作者之"情"的"滋润"。文章是否感人，除了语言、思想外，有无"真情"很重要。朱自清的《背影》靠的是"情"的打动，鲁迅的《记念刘和珍君》这篇"血写的文章"其实靠的也是"情"的喷发。一篇只有华丽的语言而无思想的文章犹如没有灵魂的躯壳；一篇即使有非凡高度思想而无情感的文章也不过是一具可能具有文物考古价值的木乃伊。但"情"在文中的宣泄如何把握，这也是我们在阅读中要学习的。这也是我们常犯的错误。写作中我们或无病呻吟虚假瘆人，或情溢滥觞叫人发腻。让"情"如何恰到好处，非向好文章学习不可。这样，我们在"读"时，就要仔细琢磨别人是如何选择写作语言表达出作者的喜怒哀乐之情，如何传递作者人物的喜悦、哀思、忧怨、恋情,或深、或浅、或缠绵、或热烈、或似小溪的舒缓、或似大海的波涛、或似斗室之花的温柔、或似山野之花的奔放……看作者如何褒贬对象,看作者如何措辞达意致情,看作者如何巧借人、事、景、物以寄寓情感……

"读"于"写"的第五点,当是风格的鉴赏。所谓风格,它是一个作家成熟的标志,是作者在文章(文学作品)中表现出来的艺术特色和创作个性。我们鉴赏其风格,主要是学习他如何创造和完善文章(作品)的风格,也就是看作者在处理题材、驾驭体裁、描写形象、表现手法、运用语言等方面各有什么特色,最终形成了怎样的风格。这些风格,最后成了一个作家个性化的标志。当然,这是"读"的高要求了。琢磨多了,实践多了,很多写作者也形成了类似的风格,便也融入了原作者的风格之中,也就形成了"派"。比如"荷花淀派"、"山药蛋派"、"读者体"、"知音体",等等。当然,也不能简单模仿,也要适时变化,否则当年散文必"杨朔式"、小说必"欧·亨利式"的文学闹剧就会重演。

习作者若能此,写出好文章就有可能了。

弄明白了这些,还有一个重要的问题是选择什么样的读物。读名著,当然好。但很多名著由于作者所生活的时代不同,社会环境不同,或阅读者的阅历不够,文化积累不够,不一定读得懂,更不用说借鉴于自己的写作了。

基于此,我们推出了这套《文学新观赏·青少年读写范典丛书》。这些作品,不是名著,但是属于好作品;没写重大题材,但大都真实反映了社会生活的变迁,人们精神面貌的焕然一新;没有高深莫测的技巧,但或平实、或奇巧、或清新可人、或浓郁奔放,更适合青少年读者学习、借鉴。

第一辑　幸福号三轮车

　　冠军母亲的诞生　/002
　　幸福号三轮车　/004
　　有妈妈的天堂　/006
　　最后一课　/008
　　回家的羊　/010
　　今天是我的生日　/013
　　对崇高的敬意　/014

第二辑　等待第十朵玫瑰

　　请带上她　/018
　　等待第十朵玫瑰　/020
　　来生约　/022

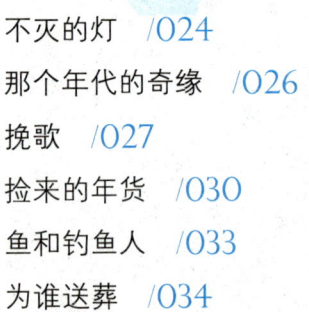

不灭的灯　/024
那个年代的奇缘　/026
挽歌　/027
捡来的年货　/030
鱼和钓鱼人　/033
为谁送葬　/034

第三辑　琥珀之恋

点燃一支烛光　/038
琥珀之恋　/039
危情一秒钟　/041
一次最完美的演出　/044
有洁癖的乡村少年　/047
爸爸的来信　/049
最善后母心　/051
鲜红的中国结　/053
钱是哪来的　/055

第四辑　共舞月光下

  忠诚的期限　/060
  善心无价　/062
  再见,校园　/065
  八月花未谢　/067
  共舞月光下　/070
  梦想从来不曾折翼　/073
  明亮的灯光　/076
  母亲的遗产　/077

第五辑　奇迹的诞生

  为母亲洗头　/082
  行为怪异者　/084
  永恒的思念　/086
  爱心附加　/088

花一样的笑脸 /091
奇迹的诞生 /093
谁助我奔跑 /095

第六辑　卑微的爱

工夫之王 /098
今年暑假真长啊 /100
别样感恩 /103
卑微的爱 /105
大力士 /107
会飞的矿子 /110
奇迹 /112

第七辑　你为什么不说话

四郎探母 /116

无家可归的鸟儿 /118
父亲节快乐 /120
黄昏的报摊 /121
你为什么不说话 /123
我们终于忘记你了 /125

第八辑　没有回忆的人

最丰厚的报答 /130
没有回忆的人 /131
一样的爱 /134
一对诚信人 /137
老校长的阴谋 /139
我就给您打伞 /142
二十岁的麻花辫 /144

第九辑　月光下的心愿

少年与水牛　/148

生死不离　/152

月光下的心愿　/157

暑假内的三个真理　/160

风雨飘摇的季节　/163

青春的怒气　/165

最小气的人　/168

第 一 辑

幸 福 号 三 轮 车

冠军母亲的诞生 / 幸福号三轮车 / 有妈妈的天堂 /
最后一课 / 回家的羊 / 今天是我的生日 / 对崇高的敬意

冠军母亲的诞生

程亮妈每天黑漆麻乌地就起了身,和面、生火,手脚麻利地烙好一锅香香的饼,然后放入蓝布包袱,再满心欢畅地顶着稀稀的星星上路。儿子程亮在县城重点高中上学,从家到学校的山路是三十多里,妈想着儿子吃到饼时的快乐样子步履就轻快起来,有时浑身劲用不完,她就一路小跑,竟在儿子上课前准时赶到了学校。

程亮的吃饭大问题解决了,另一桩心思又让妈妈眉头不展:学校已多次催欠款了,因为上学时学费没交全。欠债还钱天经地义,妈妈的头发又白了许多。一天她望着后山满坡的青绿有主意了:现在城里人不是流行吃什么绿色蔬菜吗?咱这漫山遍野的蔬菜若是挑了进城卖不是可以赚大钱吗?

妈妈说干就干,第二天就怀里揣着饼,肩上挑着一担菜上了路,妈即使这样还是走得飞快。当天还蒙蒙亮时,妈先把依旧香软的还留着她体温的饼给儿子,然后再卖菜。程亮望着妈瘦小的背影和一担沉重的菜,吃惊得发了半天愣。

妈的菜好卖得出奇,那依旧滴着露水的青翠清香的菜总是第一个被抢光,妈喜坏了。可是还有愁事,就是街上有穿制服的人不让卖,每当穿制服的人一出现,好多像她一样的乡下人就四散奔逃,妈也吓得半死,有时跑得慢了,篮子就被踩了,青翠的菜也被踩得稀巴烂。可妈还是偷偷摸摸地卖、没命地跑。时间一长她就不怕了,因为没人能追赶得上她,妈跑起来太快了。

程亮舍不得妈妈这样辛苦,他也加入了卖菜的行列,每个星期六晚上步行回到家,星期天一大早再和妈妈一同挑菜进城。妈刚开始不允许,后来见儿子的成绩一直棒才答应了。本来嘛,山里孩子走几十里山路也是无所谓的事,可才开始的时候程亮却吓了一大跳,他竟跑不过妈妈!妈妈挑着一担重重的菜竟像没事人似的。程亮不服气,脚下拼命加力,还是跟不上,可妈妈已是个四十多岁的人了啊,好在程亮年轻力壮,不久就能赶上妈妈了。

程亮一天在本地报纸上见到一则消息,说为了使全民健身,县里决定举办一次长跑运动会,参赛对象不加限制……奖金很是丰厚,冠军一千元,亚军五百元。程亮看了心一动。

程亮就为自己和妈报了名。那天观众看到一个头发斑白的瘦削女人也参赛,个个觉得好笑。谁知发令枪一响他们才知道笑错了,那女人跑得快极了,简直像是平地刮起一阵旋风,没有人能追得上,即使一个高高的、黑黑的、学生模样的大男孩也追不上。

结果冠军就是妈妈,亚军是程亮。

这一来媒体自然是蜂拥而至,先问程亮妈是怎么跑得这么快的,是不是有什么绝招,妈妈笨拙地拿着奖杯和厚厚的一大叠奖金,笑得眼都细了,说:"这有什么,跑山路跑惯了呗,如果你也有一个儿子在几十里外上学,你天天也要送吃送衣给他,还有一大堆债要还,那你肯定跑得比我还要快。"

记者又采访程亮,程亮望着妈黑瘦的脸庞拼命克制着,好容易才说出话来:"从小到大,我都紧跟在妈后面,如果你有这样一位妈妈,你也会跑得跟我一样快的,可是……我真的不希望天下有另外的妈妈也能跑得这样快!"

幸福号三轮车

婷婷是个瘦瘦弱弱的十七岁女孩,正上高中,每天放学后她就来到街上卖拖鞋。各色各样的拖鞋很好看,鞋面上还绣了许许多多的图案,有花草、小动物,又漂亮又精致,像一件件艺术品,因为这是婷婷妈妈一针一线绣出来的。可拖鞋并不好卖,因为婷婷不会吆喝,她只会等人家来挑选,而她哩,一有工夫就拿出纸笔书本做起习题来。

这天她正蹲着一门心思做着功课,耳边有人说:"小姑娘,我买拖鞋。"婷婷忙回过神来,抬头一看,面前不知什么时候停着一辆三轮车,还站着一个人,脸色黝黑,头发斑白,正温和地望着自己,婷婷认识他,他常在这儿踩三轮搭客。

婷婷说:"大叔,你自己挑选吧,很漂亮的,也很便宜,只要六块钱一双……"

大叔笑起来,说:"我知道,你的拖鞋是最结实最漂亮的,我全买了。"

婷婷一听惊讶极了,说:"您全买?您要这么多拖鞋干什么?"

那大叔一听再次笑了,说:"有你这么做生意的吗?给,这是钱。"

婷婷高兴极了,一回到家就把这个喜讯告诉妈妈。妈妈因为车祸只能坐在轮椅里,听到这个消息也很高兴,娘儿俩破天荒地买了一顿肉吃。自从婷婷爸爸生病死后,娘儿俩很久没有这么开心了。

过了几天婷婷正卖鞋时,面前又停下那辆三轮车,同样是那位温和的大叔,他还是买下了所有的拖鞋,婷婷太开心了。当她回到家再次把喜讯告诉妈妈时,妈妈却皱起了眉头,想了想说:"婷婷,下次他再买那么多拖鞋,你悄悄跟上去,看他到底干什么用,我怕他是别有用心。"

当那个大叔又一次买走所有的拖鞋时,婷婷想起了妈妈的话,就悄悄跟了上去。跟着跟着,婷婷吃惊地看到大叔停下了车,然后把一双双拖鞋细心地挂在三轮车的两旁,五颜六色的拖鞋这么一排列就像无数面彩旗在迎风招展,好看极了。他这是要干什么?婷婷不由得睁大眼睛目不转睛地看着。

然后她听到大叔一边慢慢骑着车一边亮开嗓门喊了起来:"卖拖鞋啦、卖拖鞋啦,纯手工精制,绝对漂亮、绝对结实,只卖六块钱一双啊……"原来他买来拖鞋是为了卖的啊,婷婷这下明白了。

但她还是不明白,六块钱一双?这正是大叔从自己这儿买走的价格啊,也就是说他一分钱也没有赚,这是怎么一回事啊?

又是一个黄昏时分,当那位大叔再次买走婷婷所有的拖鞋时,有人拦住了他,那人坐在轮椅上,正是婷婷的妈妈。婷婷妈妈说:"这位大哥,你每次买走这么多拖鞋干什么用啊?"

大叔一愣,随即呵呵笑着回答说:"当然是全家人穿啊。"

"大哥,你别瞒我了,我都知道了,你买走拖鞋后又原价卖,你是在帮我们,可是我们不需要可怜,我们能养活自己!"婷婷妈妈斩钉截铁地说。

大叔见把戏被戳穿有点难堪,忽然像下了决心似的说:"好吧,我说出实情,婷婷,你认识周伟吧?"

婷婷见那大叔一口叫出她的名字不禁有点吃惊,随即点点头说:"认识啊,周伟是我的同学,怎么?您也认识他?"

大叔一笑,说:"何止认识,他是我儿子,也是我唯一的亲人。我不止一次听他讲你们母女俩的情况,说婷婷是个聪明用功的女孩,考大学十拿九稳,只是最近成绩有点下降,原因是放了学还要卖拖鞋,他常恨他不能帮你。我听了为自己能有一个有爱心的儿子而自豪,同时想儿子有这份爱心,我就不能有吗?于是我想出这么个笨方法,我确实没有别的意思,"大叔顿了顿又诚恳地说,"婷婷妈妈,请让我来帮你们一点忙吧,谁又忍心看着孩子耽误了学习呢？她就要考大学了啊！"

暮色里婷婷妈妈眼里亮晶晶的。

以后的日子里婷婷就不卖拖鞋了,放学以后有大段的时间学习了,婷婷的妈妈当然还做拖鞋,不过卖拖鞋的变成了那个踩三轮的大叔一个人,不,星期天的时候卖拖鞋的是四个人,一个是踩三轮的大叔,一个是坐在三轮车上的中年妇女,一个是婷婷,还有一个是同婷婷差不多大的男孩,他是周伟。四张脸上全洋溢着幸福的灿烂的笑,那辆色彩斑斓的三轮车也成了街上最靓丽最温馨的一道风景线,大伙都叫它是"幸福号三轮车"。

再往后哩,卖拖鞋的又变成了两个人,一个缓缓地踩车,一个快乐地坐车,两个孩子不见了,他们上了大学。

有一天大叔接到一封信,一起看信的还有那个坐在轮椅里的妇女,两人的头紧挨着,满脸的笑容,那笑容完全是发自内心的。信上写的是:"爸、妈,我们很好,我们一直想念我们家那辆幸福号三轮车……"落款是"儿子周伟、女儿婷婷"。

有妈妈的天堂

长假到了,我没有出去旅游或者走亲访友,而是到孤儿院带了一个孩子回家,给一个孤苦无依的孩子母性的关爱和家庭的温暖,是我一直以来的想法。

这是一个叫育红的女孩儿,白净净的脸庞、点漆样的眼眸使我一开始产生一个错觉:她不像孤儿,倒像是个贬落凡尘的小天使。令我备感痛惜的是小天使心脏不好,不用说这也正是她父母遗弃她的原因,狠心的人!

我像妈妈一样关爱她,给她买来最漂亮的衣服、最可爱的头饰、最可口的零食、最逗人的玩具,不住地嘘寒问暖,恨不得把一片心全扑在她身上。可我很快诧异地发现,育红并没有现出十分快乐的样子,她显得怯生生的,本能地拒绝着我的爱。她这是怎么了?

终于她眼光闪烁地开了口:"阿姨,实际上我不是孤儿,我是有妈妈的。"

我听了又惊又喜,一迭声地问:"真的吗?那妈妈为什么不要你?"

这句话一出口我就知道错了,育红小脸涨得通红,紧紧地咬起嘴唇,摇着头说:"妈妈要我的,可妈妈没有工作,爸爸离开了我们,我又有病,妈妈养不起我,所以才把我送到孤儿院的。实际上妈妈可喜欢我了,每个星期都偷偷来看我,给我买好吃的、好玩的,妈妈买的衣服比你给我买的衣服漂亮多了。"

原来如此,这不是一个狠心的妈妈,而是一个无奈的伤心的妈妈。可我看看育红身上的衣服,根本不漂亮,又旧又大式样又过时,倒像是别人穿剩下来的,或许在孩子心中,妈妈送的东西永远是最好的吧?

在接下来的几天里小女孩慢慢打开了话匣子,一刻也不停地跟我说着她的妈妈,每当此刻,她的眼珠便会像最亮的钻石一样闪闪发光,神情看上去陶醉极了。听着听着,我越来越强烈地产生一个想法:为了她们母子俩不再受两地相思的折磨,为了育红像个真正的天使一样受到呵护,为什么不帮那个无助的母亲一把呢?

当长假过后把育红送回孤儿院时,我向院长问起育红妈妈的情况,然后说出自己的想法。院长一听神色就怪异起来,搓着手连连说:"可怜的孩子,她哪里见过她的妈妈,当我们发现她的时候,她只是个在垃圾箱旁奄奄一息的婴儿,她的妈妈是谁永远也无法知道,更没有人来看过她。"

我一听奇怪极了,这么说育红跟我扯了谎?她为什么要扯谎?

院长眼圈已悄悄红了,声音略带沙哑地说:"每当社会上像你一样的好心人向育红这样的孩子伸出关爱之手的时候,她们都会本能地躲避、掩饰,甚至编织一个又一个美好的假话。因为短暂的温情对她们来说只是一场好梦,不久以后又要残酷地醒来,她们接受不了、不愿面对,于是就不自觉地把自己陷进虚幻的梦境中……"

我强迫自己不哭出声,偷偷看育红,这苦水里泡大的孤苗,这些跌落凡尘的天使,正望着窗外,双手托腮目光迷离,一动也不动,久久的、久久的……

最后一课

教授德高望重诲人不倦,今天要给即将毕业的新闻系学生上最后一课,同学们一致要求道:"教授,结合您人生经验的结晶,送我们一句临别赠言吧!"

一向严峻的教授微笑起来,说:"行,不过我要构思一下,在我构思期间,请同学们先在一张小字条上写下一句话,内容是对我和你们相伴几年来的一个评价,我要看看我在你们心目中到底是什么样的一个人。"

不大工夫教授就收上一叠厚厚的字条,然后他一张张看起来,一边看一边含笑点头,说:"同学们对我真是太客气、太褒奖了,受之有愧啊……啊,这是谁写的?"

原本笑盈盈的教授突然间满面通红怒不可遏,握着字条的手猛烈颤动起来,同学们一下子愣住了,发生什么了?

只听得教授怒气冲冲地读道:"你是个不学无术、空有虚名的伪君子!"

同学们大吃一惊,空气都要凝固了,这是谁写的?也太恶毒了!

"啪"的一声响,教授把那张字条重重拍在讲台上,叫道:"写的人有胆量就站出来,暗箭伤人算什么好汉!"

时间一分一秒过去了,同学们面面相觑,没有人站出来。眼看着教授的愤怒就要到达顶点、做雷霆之怒了,有人忽然放声大笑起来,笑的人正是教授。

教授把那张字条递给一位同学,满面春风地说:"请你读一下!"

那同学一脸吃惊地接过那张惹祸的字条,战战兢兢地读了起来:"教授,您的博学和睿智像盏明灯,将指引我前进的方向!"

这是怎么回事?跟刚才教授所"读"的完全两码事嘛。

教授慨然说:"我故意误读了这则'新闻',使我备感遗憾的是,在我佯装震怒时,没有人查看这张字条,实际上只要上前一小步、哪怕是只看一眼,一切就真相大白了。你们为什么做不到这点?很简单,因为我是你们的老师、是领导,是一贯正确的权势力量,所以你们完全相信我,即使有一刹那的怀疑,也不敢探究下去。"

教授最后目光炯炯地说:"在此,我要送给你们的临别赠言就是——永远不要盲从于、更不能屈服于权势,探寻并大胆揭露真相,是我们新闻人永远的天职!"

在教授铿锵有力的话语结束几秒钟后,教室内响起雷鸣般的掌声。

回家的羊

秋风一起天就一点一点的凉了。这天一大早阳阳家来了一位客人,是村小学的李老师。李老师人可好了,平日里见着阳阳总是笑眯眯的。眼下李老师摸摸阳阳的小光头,使阳阳既舒服又害羞,然后对奶奶说:"阳阳奶奶,阳阳到上学年龄了,再过几天该让他报名上学了。"

阳阳听了眼睛闪闪发光,挎上小书包和伙伴们一路来一路去是他做梦都笑醒了的美事,这时房间里响起爷爷左一声右一声撕心裂肺的咳嗽声,那声音听了真让人担心他会一口气喘不上来。奶奶听了李老师的话用袖子直抹眼睛,说:"李老师,话是这么说,可你看看这家里还能供得起他上学吗?他爸妈出去打工几个月了,到现在一分钱都没寄家来,说是工资要不到。他爷爷是个老药罐子,这两天气管炎又发了,可也只能硬挺着,我们实在拿不出钱来啊!"

阳阳眼里的光亮一下子暗了下来,他掉过头睁着一双大眼睛无助地看着李老师。李老师搓着一双青筋暴露的大手,低声说:"是啊是啊,可再困难也不能误了孩子啊,要不,我再帮你们想想办法……"

门外有声音在叫"咩、咩……",是一只半大的羊的叫声。房间里随即响起爷爷吃力的声音:"李老师,我们有手有脚不痴不呆的,要别人帮忙干啥!阳阳奶奶,你跟人家老师说啥呢?家里怎么没钱?把羊卖了不就是钱?"

爷爷是村里有名的犟人,一辈子要强,从不肯在人面前说句软话,更不肯接受别人一丝一毫的帮助。奶奶一听就着急了："可羊卖了钱是要给你抓药的啊！"

爷爷立即拍着床沿吼了起来："是我这死不掉的身子重要还是阳阳上学重要？你这老太婆又糊涂起来了……咳咳咳……"

奶奶不敢再说了，阳阳却"哇"的一声大哭起来，一边哭一边说："奶奶不要卖羊，我不上学了，我要羊陪我玩……"原来这只羊是阳阳独自一人一天一天带大的，每天牵它到山坡上吃草，到小溪里洗澡，一人一羊形影不离，只差晚上搂在一块睡觉。现在羊跟小主人一样还没长大，阳阳哪舍得它被卖掉？

李老师实在看不下去了。

可羊还是卖了，第二天一大早，当阳阳还在熟睡的时候奶奶就牵着羊到集市上卖了。阳阳醒来时面对空荡荡的羊圈大哭了一场，爷爷好不容易才哄住他。可奶奶卖羊回来后还是叹气连连的，阳阳听了奶奶跟爷爷的对话才明白，原来上学的钱还是不够。

又过了一天，当阳阳大清早眯缝着没睡醒的眼睛起床撒尿时，他禁不住把眼睛狠狠地揉了又揉，他看见了一只羊、一只雪白的羊站在羊圈里，那正是他的羊！

是做梦吧？是看花了眼吧？阳阳又要揉眼睛时有声音响了起来："咩、咩……"那分明是分别一天的羊在叫自己的小主人哩！阳阳跳进圈里一把搂住小伙伴，用小脸一个劲地擦羊脖子，再也不肯松开。

爷爷奶奶也被惊动了，爷爷说这肯定是羊还恋着阳阳，偷偷一个"人"跑回家的。

等了两三天不见有人来找羊，开学的日子却就在后天了，奶奶心就动了，跟爷爷商量说要不把羊再卖一次吧？爷爷咳嗽了半天后捶着胸口难过地说："现在这是人家的羊，按理说卖不得了，可……唉，想不到我一个要死的人却把这张老脸给丢了！"

羊再次卖了，可过了一夜后早起的奶奶发现羊又回到了圈里，这羊神了！

一家人吃惊了老半天,到最后奶奶决定再卖一次,这样的话不仅阳阳的学费够了,说不定还能多出一点钱给爷爷抓药哩。阳阳在一旁眼睛忽闪忽闪的,也不知道他在想什么。

第三次卖了羊的当天夜里奶奶起了身,爷爷也起了身,爷爷用手死命捂着嘴小心不咳出声来。初秋的夜里凉气很重,老俩口披着棉衣悄悄猫在门口黑漆漆的地方,一动也不动。他们这是要干什么?

夜色正深,四下里静得连秋虫的丝丝鸣叫都听得一清二楚。一会儿来了一个黑影,那黑影个子高高的,弓腰削背,看上去是很瘦的一个人。只见那黑影轻手轻脚地一步步走过来,他的手里还牵着什么,等走近一些看清楚了,那是一只羊。

黑影在阳阳的羊圈外停下来,然后打开羊圈,把羊一点一点地推进去,再关上圈门,整个过程没有发出一点声音。

原来羊是这么回来的。

微弱的星光下老俩口把黑影看了个清清楚楚,可他们依旧一动也不动,像是怕惊吓了那人,只是紧握在一起的两只粗糙的手颤抖着……

寂静的无边的夜里忽然响起轻微的抽泣声,老俩口冷不丁暗吃了一惊,回头一看,是阳阳!星光下可以看到阳阳的眼里亮晶晶的。

不知什么时候有了心思的阳阳也起来了,他也看到那黑影了,是李老师……

今天是我的生日

早晨,陈刚开着洒水车一边不急不慢地穿行着,一边把路旁的绿化带喷得水淋淋的。看看反光镜,可以看到车后有一个小男孩,小男孩跟着车子跑了好长一段路了。正是寒气初侵入的秋天,小男孩却跑得满头大汗,一脸快乐的样子。

小家伙大脑莫不是有毛病吧?陈刚这么一想,忽然冒出个恶作剧的想法。于是他突然慢下速度又关了水阀,当小男孩跑近时他瞅准了猛地一下喷出水,小男孩身上冷不防被喷了个透。在小男孩的尖叫声中陈刚哈哈大笑着加速开远了。

中午回到家,陈刚发现妻子脸像寒冰一样沉着,妻子问:"陈刚,你早上有没有喷了一个小男孩一身冷水?"

陈刚一乐,说:"有这回事,可逗了,对了,你是怎么知道的?"

妻子眼一下子红了,指着他咬牙说:"刚才我到社区医务室买药,里面有个小男孩在打点滴,医生说是被喷水车的冷水淋感冒了。想不到真的是你!你你你太过分了,告诉你,那是一个孤儿!"

陈刚一听心里"咯噔"一下,愣了片刻之后掉头往外就跑,妻子在身后喊也不应。

在医务室内,陈刚俯下身,轻声问躺在病床上的小男孩:"早上,你为什么跟着一辆洒水车跑啊?"他没有勇气承认那洒水车正是他开的。

没精打采的小男孩一听竟无声地笑了,脸上浮现出像早上一样的快乐笑容,说:"叔叔,你知道吗,今天是我的生日,可没有人为我唱生日歌,正好那辆洒水车一直不停地放着生日歌,所以我就跟着跑啊跑,真好听啊,我好像又回到了爸妈的怀里……"是的,陈刚的洒水车放的歌曲正是《生日歌》。

天色已晚,小男孩依旧孤零零地躺着,耳边忽然响起一阵深情的歌声,是男声,不,还有女声,是爸妈吗?

他抬头一看,不是的,是刚才那个叔叔,还有一个阿姨,正缓步走了进来。

陈刚和妻子嘴里唱着《生日歌》,双手捧着一个巨大的蛋糕,上面好多支红蜡烛正发出美丽的红光。

然后,在小男孩的泪光里,医务室里的所有人全轻轻唱了起来:"祝你生日快乐、祝你生日快乐……"

对崇高的敬意

海城市一年一度的"最佳新闻大赛"已进入尾声,竞争分外紧张激烈,而明珠电视台还没有捕捉到重量级的新闻,一时间上上下下急坏了。一直以来明珠台就和同城的阳光电视台是对冤家对头,在不见刀光剑影的竞争中拼了个老死不相往来,如今在这样事关脸面的大赛上,岂甘落于人后?

就在这时因为连日暴雨,乡村发生了泥石流,这可是惊天新闻,明珠台在第一时间得到信息后反应神速,立即派出报道组飞驰而去。

灾难现场,记者们被眼前的惨相惊呆了,只见泥石流所到之处房屋倒塌人畜俱亡,那场景简直惨不忍睹!摄像记者连忙手忙脚乱地打开镜头,主持人面对镜头酝酿一下情绪,正要用最震撼、最悲怆的语气报道,同行领导一声大喝:"先不忙报道,救人要紧!"

大伙愣了一下,随即反应过来,摄像记者关了机器,主持人放下话筒,大伙二话不说,立即投入到紧张万分的抢救之中,此刻的每一秒钟都关系到一个人的存亡!

就在这时阳光台的报道队伍也赶到了,面对同行的行为阳光台的记者被深深打动了,正准备一同抢救,同行的一位姓杨的领导断喝一声:"抢救自有别人,我们抓紧报道!"

很快,由阳光台记者拍摄的画面播出了,惨不忍睹的现场重重震撼了每一位观众,而画面上那些投入忘我抢救的人更是极大地感动了人们。是阳光台的记者用相当多的镜头报道了明珠台记者的救人行为,阳光台的记者疯了吗?要知道那是他们的竞争对手啊!

更令大伙不解的是:这段画面除了在阳光台播出,在明珠台竟也同步播出!

毫无悬念的,这档节目荣获了本年度最佳新闻,由两家新闻单位,明珠台和阳光台共同分享了此殊荣。

在颁奖现场,主持人问明珠台记者:"在惨祸现场,你们为什么不拍摄,而是展开营救?"

记者深情地回答:"我们相信,人的生命超过一切新闻!"

掌声雷动。

主持人又向阳光台那位姓杨的领导发出尖锐的提问:"你们为什么忙于拍摄,而不是先救人?"

回答是:"告诉人们正在发生的重大事件,从而引起社会的及时关注和救助,这是新闻人的天职,我们认为这和救人一样重要。"

掌声同样雷鸣。主持人又问:"众所周知,你们两家电视台是竞争对手,这次你们为什么会用相当多的镜头拍摄明珠台记者救人的身影?并且,这么具有轰动性的节目为什么也让明珠台同步播出?"

回答是:"这是对爱心的赞颂、对崇高的敬意,灾难面前,我们不分彼此。"

第 二 辑

等待第十朵玫瑰

请带上她 / 等待第十朵玫瑰 / 来生约 / 不灭的灯 /
那个年代的奇缘 / 挽歌 / 捡来的年货 / 鱼和钓鱼人 / 为谁送葬

请带上她

这天我来到马路一角,那儿总有许多板车等着揽活,清一色的爷们。我要两挂板车搬家,谁知当我随手指了其中两人后,那两人竟一起摇头,其中一个说:"我们只能去一个,另一个请把她带上。"

顺着他手指的方向一看,原来不远处还有一个女人,又黑又瘦,她的身后也停着一辆板车。搬家是力气活,我家住四楼,要把沉重的冰箱、书桌之类的物件搬下楼并非易事,她行吗?

一个板爷见我疑惑,用力一拍胸脯说:"老板你放心好了,反正你出这么多钱,我们保证把活干得又好又快。"

这还有什么可说的呢?我当即领了这一男一女跟我走。当两人手脚利索地忙活起来后,我发现先前的担心并不是多余的,黑瘦女人根本干不了太重的力气活,基本上就是那男人一人在干,黑瘦女人尽管竭尽全力涨红了脸,也只能搬运些零碎东西、给男人打打下手。

在把一应物品用板车拖到新家楼下时,男人照例又是一番大汗淋漓气喘如牛,新家更高,在六楼,没有电梯。

完事后我付了钱,那男人立即分了一半给黑瘦女人。听他们的对话可知两人并不是夫妻,甚至还不太熟悉,那男人为什么要带上她呢?他出力远多于女人,钱却并不多拿一分,太亏了。

这时黑瘦女人怯怯地说:"老板,你看你这屋内才搬的家,到处是灰,要不我帮你收拾一下吧,你放心,我决不多要钱的。"

我四下看看,确实如此,便同意了。一见我点头那女人欢快起来,立即打来清水,有板有眼地擦拭起来,尤其是擦地板时更是跪下来一寸一寸地倒退着擦。这是一个做事地道的女人。

黑瘦女人忙活时那男人也没闲着,不过这回他成了配角,干起了女人的下手。

趁女人在另一个房间忙活时,我悄声问男人:"我说,你跟她好像不太熟悉吧?"

男人点点头,我又说:"那你岂不是太亏了,要知道如果是两个大男人干这活,你就轻松多了。"

男人迟疑了一下,然后缓缓答道:"老板你不知道,这是个苦命女人,她男人原本也是干我们这行的,前不久得了大病,躺在床上一动也不能动,这女人便接过了她男人的板车。谁知因为是女人,她总揽不到活,所以我们便形成一个不成文的约定:谁有活必须带上她。可她很要强,总想着能有机会回报我们……唉,我们也只能出这么点力了,让老板你笑话了。"

我摇摇头,我哪敢笑话,心里只有一片温热。这时女人干完了活,她在接过钱后,一边心满意足地笑着,一边分了一半给男人,男人笑着收下了。我明白她这灿烂笑容背后的意思:她能够稍稍回报男人了。而这男人坦然收下是对她的尊重。

"请带上她",淡淡的四个字,却散发出细微的光芒来。

等待第十朵玫瑰

丁香每天上下班都要经过一座小桥,小桥古色古香,桥下流水清澈,河两岸繁花似锦,这真是个美丽的地方,总能给丁香以无限遐思。

这天黄昏时分,下了班的丁香经过小桥时,一抬头看到一个青年男子静静地站在桥上,男子面目清朗腰板笔直,手里拿着一朵娇艳欲滴的红玫瑰,那样子像是在等待一场浪漫甜蜜的约会。

第二天的黄昏细雨霏霏,当丁香冒雨再次经过小桥时,她看到那青年男子依旧站在桥上,手里的红玫瑰已变成了两朵。丁香正碎步经过他身边,男子说话了:"小姐,你忘了带伞吗?给你。"男子把伞递了过来。

丁香说:"把伞给我,你怎么办?"

男子微笑着说:"没事的,我会找个地方避雨的。"

丁香咬着嘴唇问:"昨天你没等到人吗?"

男子点点头,说:"昨天她对我视而不见,不过没关系,我会耐心等的,再见!"

第三天,丁香因为加班拖了一会儿,当来到老地方时已是月影朦胧,两岸暗香盈袖,丁香却惊见男子还在,不过手中的玫瑰已变成三朵。丁香一边还伞一边问道:"昨天又没等到?"

男子自信满满的样子,说:"是的,她说她太忙,让我今天来,可今天看样子又来不了了,不过我会一直等下去的。给你这个,本来是给她的,现在请你帮帮忙消灭它。"男子递过来一盒精美的巧克力。

望着男子离去的背影,丁香慢慢打开巧克力盒子,里面是她一直以来最喜爱的那种,拿一块入口,一点一点融化了。

第四天,当丁香急急来到小桥上时,他仍在,玫瑰当然也变成了四朵。

两人含笑打了声招呼,然后男子递过来一袋浓香四溢的小笼包子,说:"又没等到她,所以这包子还得麻烦你消灭。"

丁香正有点饿,而包子是她最爱吃的蟹黄包子,热乎乎的,鲜美无比,明显是才出笼的,是他看到她来才买的吗?

……

第十天,丁香加班更迟,当走到桥上时已是满天繁星,与两岸的灯光交相辉映。丁香看到男子手中的玫瑰变成了十朵,而今天的玫瑰看起来分外娇艳浓郁。

男子看上去并没有一点沮丧的样子,或许对他来说,等待也是一种快乐。

丁香大胆走过去,说:"我可以邀请你共进晚餐吗?因为,今天是我的生日。"

男子的眼睛顿时如天上的星星一样闪亮,他惊呼道:"真是太巧了,你看!"

男子变戏法似的从身后变出一盒精美至极的蛋糕,柔声说道:"生日快乐!"

当两人并肩慢慢走着时,丁香嗅着怀里玫瑰沁入心脾的香气,忽然想起什么,说:"哎哟,万一你等的那个她来找你怎么办?"

男子笑了,眼睛热切地盯住丁香,说:"她不是已经来了吗?"

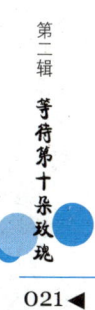

来 生 约

　　林子还在襁褓时爸爸就生病离开了他们,从此以后妈妈日做爹夜做娘,吃尽了人间酸苦。

　　林子在一点点长大,妈妈的身体在一点点衰弱,林子看在眼内急在心内,他更加发愤读书。

　　时光飞快,林子终于读完了大学,幸运的是,很快找到了一份薪水丰厚的工作,林子不由得心花怒放:终于可以回报妈妈啦!

　　可就在这时妈妈躺倒了,多年的含辛茹苦使她再也撑不住了。

　　拿着医院无情的诊断书,林子肝肠寸断,在街上疯狂地跑啊跑,跑过一条街又一条街,跑了一圈又一圈,可心中的悲愤还是如大海涨潮一样,一波波来袭。

　　也不知跑了多久、跑了多远,林子忽然发现来到了一个以前从未来过的完全陌生的地方,眼前有两扇高大的朱红色大门,门楣上写着三个字:来生约。

　　林子心无来由的"咯噔"一下,擦掉眼泪进去一看,里面有一个身着长衫的相貌古怪的老者,正拿着一支朱笔登着账。

　　林子上前怯生生地问道:"请问老先生,这'来生约'是办什么业务啊?"

　　那老者听了放下笔,仔细打量着林生,说:"既谓之'来生约',当然就是预约来生的事情了,这世间众生在今生今世有诸多未了的心愿,例如相爱之人不能相守、骨肉至亲天涯一方等,通过在这儿预约,在来生就可以愿望成真了。"

林子听了犹如溺水之人抓住了一根稻草,急急说道:"既如此,请给我预约一下:我要在下辈子还做我妈妈的儿子,那时的我要及早孝顺妈妈,我决不让妈妈再有这辈子的辛苦,我要无论沧桑怎么轮回,我们娘儿俩永生永世再不分开!"

老者听了点点头,复又拿起朱笔,摊开账簿,说:"行,说出你和你母亲的名字。"

林子连忙一个字一个字地说了,谁知那老者听了并不落笔,反而呈现出一副怪异的神色来。

林子问:"怎么啦老先生?"

老者道:"你来迟了,你母亲刚刚挣扎着病体在这登记过,她也做了来生约。有一方预约过了就不好更改了。"

林子一听喜道:"这不更好吗?我妈妈最爱我最疼我了,所以我想,她的来生约肯定和我的一样是不是?我们娘儿俩永远都不会分开的……"

老者忽然脸色剧变,掷笔长叹道:"恰恰相反,你母亲的来生约是:下辈子不要你再做她的儿子!"

林子乍听之下如雷击顶,喉咙都哑了,嘶叫道:"不可能……"

老者说:"你母亲说了,这辈子她让你吃了太多的苦,受了太多的难,她一直感到对不起你,所以下辈子她祈愿你生在一个富贵幸福之家,而不是再做她的儿子……"

不灭的灯

夜已深了,在火车站揽客的出租车司机老杨揽到一个大活:一个十六七岁的满脸稚气的男孩要到乡下一趟。

车子"沙沙沙"地飞驰着,借着驾驶室内微弱的灯光,老杨注意到男孩一直板着脸,无论怎么逗他始终一言不发。最后老杨摸摸胡子拉碴的下巴,怜爱地说道:"我说,把脸拉这么长,谁欠你钱还是怎么的?是不是有心思?如果信得过我的话,就跟我说说吧,瞧我这一大把岁数,我都可以做你爷爷啦。"

肯定是最后一句话打动了男孩,男孩的脸色终于和缓下来,说:"我爷爷要是还在世就好了,我最爱他了,爷爷也最疼我,什么事都依着我,可我爸妈讨厌死了,什么事都要管,一点也不爱我,有时真怀疑我是不是他们亲生的。"

老杨说:"如果我没猜错的话,你肯定跟你爸妈吵架了,夜这么深了,你怎么会出现在火车站的呢?现在赶回家肯定是有急事吧?"

男孩的声音突然高了起来,好像有一肚子的怨气要发泄:"我要离家出走,走得远远的,再也不要见到他们了,可我忘了带钱,所以想回家悄悄拿点钱。"

不久就来到了男孩的家乡,一个远望上去除了一星半点的光亮,几乎漆黑一团的小镇子。男孩抬起手,比画着说:"师傅,我家很好找的,先顺着路向右拐……"

老杨一举手打断男孩的话头,胸有成竹地说:"我摸着你家的。"

男孩一听眼睛瞪得溜圆,又是惊讶又是紧张地说:"难道以前你到过我家?这么说你认得我爸妈?"

老杨摇摇头,说:"我根本不认识你爸妈,也从没来过,可我就是摸得着,你就等着瞧好吧。"

男孩一听更惊讶了,可是,很快就服气了,因为这位和蔼可亲的老师傅手中的车子真像长了眼似的,一点也不迟疑地向自己的家开去。

快要到家门口时男孩叫了起来:"师傅,就停在这,你等我一下,我悄悄进屋拿点钱就出来,然后还跟你去火车站。"

男孩说着就要开车门,却被老杨阻止了,老杨说:"我说,你就不想知道我为什么会轻车熟路地摸到你家吗?"

男孩一脸疑惑地点点头,说:"对啊,我也正想知道哩。"

老杨抬手一指男孩的家,说:"在告诉你答案之前,你先看看你家,发现什么与众不同的没有?"

男孩听了凝眸仔细看了又看,嘴里叽咕道:"没有啊,一切还是老样子,嗯……夜这么深了,门怎么还开着?灯也亮着,他们记性也太差了……"

老杨大声说:"你说对了,就是你家的灯光指引着我一步步摸过来的,因为我知道一点,而且是千真万确地知道一点:身为父母,当他们的孩子一时冲动离开家后,无论夜多深,他们是一定睡不着觉的。"

男孩浑身一震,好像心鼓被重击了一下,老杨的话没有停,继续在他耳边回荡:"他们大开着门、大开着灯,只为了等待孩子回来,或许此刻他们正满心焦虑地往四面八方打电话询问孩子的下落,要不就在灯下流着眼泪反复商量该到哪里找到迷路的人。孩子,此刻你爸妈一定如我所说的那样,你信不信?敢不敢跟我打这个赌?因为,天下父母都是这样的,他们心中永远亮着盏不灭的灯,绝没有例外!进去吧,孩子!"

男孩慢慢低下头,双手捂脸浑身轻颤起来,又猛地抬起头,痴痴望着自家的门,然后伸手打开车门、下车,大步走了过去……

那个年代的奇缘

衰老和病痛终于击倒了刚强的爷爷,可他眼望着奶奶就是不肯闭眼。同样病体支离的奶奶俯身贴近他耳边,问道:"老头子,你还有心事吗?"

爷爷吃力地点点头,气息微弱地说:"老婆子,有件事我瞒了你一辈子……以前有个女孩子说她爱我,不过你放心,我从没找过她,能跟你过一辈子我已十分满足了……这是我一生里唯一瞒着你的事,不说出来觉得对不起你……"

奶奶伸手轻掩住爷爷的口,然后苍老的脸上闪过一丝羞赧之色,说:"那我也说实话,我这一辈子就忙着伺候你一家老小了,从未干过对不起你的事,可我也有一件事瞒了你一辈子……我曾写过一封情书。那年月我们国家正抗美援朝,在后方的我们整天热火朝天地做军鞋;有一天我实在压抑不住对英勇的志愿军战士的热爱,忽发奇想,提笔写下一封情书,不过只有一句话——我要嫁给你,最可爱的人!然后我把这封情书压在绣花鞋垫底下,交给了组织。这么多年了,我也不知道有没有战士看到这信,如果有战士看到了,他又是谁……"

爷爷剧烈地咳嗽起来,当咳嗽停止时,爷爷闭上了眼睛,看得出爷爷的神情很安详。

爷爷走后我们收拾爷爷的遗物,结果在满是灰尘的阁楼一角发现一个沉重粗笨的箱子,一把生锈的大锁锁得死死的。好容易打开箱子,上面是乱七八糟的杂物,最底部竟有一个用黄铜炮弹壳做成的小匣子。奶奶见了一脸惊奇地说:"家里还有这么一个东西?这老头子!噢,我想起来了,这匣子才结婚时看见过一次,我要打开看,结果给老头子臭骂了一顿,坚决不让看,我也就没当回事,想不到这么多年了他还保存着。难道内面有宝贝?"

可打开匣子后内面并没有金啊银的,只有一双精美的从未用过的绣花鞋垫,精心绣就的红绿鸳鸯交颈互戏,深情无限。拿起鞋垫,下面是一张发黄发脆的字条,上面的字娟秀轻柔笔笔在意,像是一个情窦初开的女孩子用心用情一笔一画写出来的。

写的是:我要嫁给你,最可爱的人!

爷爷不就是一位光荣退休的志愿军老战士吗?

这回轮到奶奶大声咳嗽起来……最后二老带着一脸笑意,头靠头躺在了一块。

爱啊,那个年代的爱啊,就是这样的奇异浓长,绝不可复制!

挽　　歌

老牛头祖祖辈辈生活在农村,农村的青山就是他的骨骼,黑土就是他的肌肉,绿水就是他的血液。可是现在却不得不离开农村了,而且这一离开就是永远,因为农村人的命根子,赖以生存的土地被征用了,房子被拆迁了,老牛头将不得不进城和儿子生活在一起,过上一种完全陌生的生活。

老牛头走倒不要紧,哪里的黄土不埋人?问题是家里那头大黑牛怎么办?老牛头一辈子养牛,靠养牛养活了一家人,并送儿子上大学、在城里安家结婚。当听说非搬家不可后老牛头蒙头睡了三天三夜,起床后的第一件事就是卖牛,一头一头油光水滑的牛给人家牵走了,那时刻牛纷纷回过头朝着他哞哞叫,老牛头背过脸去假装看不见,假装那是人家的牛。

可到只剩下最后一头最高最健壮、短短的黑毛如绸缎一样闪光的大黑牛时,无论人家出多少钱老牛头都不卖了,因为大黑非同寻常,它救过自己的命。

还记得前年下了三天三夜的大雨后老牛头到山脚下的小溪旁放牛,小溪很浅,老牛头酒喝多了,便站在小溪里洗脚,一点也没觉察危险的到来。突然之间随着雷鸣一样的响声,从山上直冲下一股洪水来,洪水来势凶猛雷霆万钧,老牛头一下子被冲走了,在随波浮沉的刹时老牛头心底一阵悲哀:完了,玩了一辈子水,这回要被水呛死了!

就在这时耳边响起一声牛叫,然后有东西拱着自己,老牛头下意识地伸手乱抓,一下子抓住了一样尖尖的弯弯的,又无比牢靠的东西,那是牛的两只犄角!老牛头这才得以把头挣扎着露出水面。

当七拐八绕地终于被冲上一处浅滩时,一人一牛安全了,可是救老牛头的牛却站不起来了,水流冲击之下它被一块大石头撞断了一条腿,它正是老牛头最钟爱的大黑。为了治好大黑的腿,老牛头是不惜血本请来最好的兽医,自己又跟大黑天天睡在一块,给它吃最好吃的东西,一刻不停地赶牛虻撵苍蝇,直到大黑完全康复。

它是老牛头的救命恩人,也是老牛头对农村的最后一丝依恋,你说他哪舍得把它卖掉?

可是不卖不行啊,城里那鸽子笼一样的房子哪能容得下一头牛?再说,习惯在芬芳泥土上行走、耕耘的牛又哪里走得惯城里那能把蹄子磨出血来的坚硬的水泥路?

在一次又一次地给大黑喂过最鲜嫩最芳香的蒿草后,老牛头一遍遍抚摸着它,终于开口说:"老伙计、大黑……对不起你了……"

老牛头把大黑牵上了集市,他要卖掉它。这样的一头大黑牛太馋人了,大伙纷纷簇拥来,价钱出的一个比一个高。老牛头只是不言语,到最后老牛头问人家:"牛卖给你后你怎么对它?"

那人一脸奇怪地说:"那还用说,耕田呗。"

老牛头顿时黑了脸,又问另一个,那人大咧咧地说:"现在都机械化耕田了,哪还用得着牛来耕啊,这牛买回家当然是杀了卖肉,这头牛这么健壮,出肉肯定很多……"

这人话还没说完,早被老牛头啐了一脸的唾沫星子。

大半天过去了,谁也没能买走大黑,大伙嘴里叽咕着"怪老头",一个一个地散去了。老牛头却一点也不着急,只到天色渐渐黑下来,他看到还有个人一直没走。

那人老牛头认识,是邻村的一位老哥们儿,也是个常年养牛的。

老牛头问他:"我说老哥,你怎么还不回家?"

那人听了先递根烟给老牛头,点上后叹口气,说:"我养了一辈子牛,从没见过这么好的牛,老哥,你怎么就狠了心卖它的?"

老牛头正抽烟,一听这话含在嘴里的烟就抖起来了,好半晌才开得了口:"不卖不行啊,房子全拆迁了,没处养它了。你们村子没拆吧?唉,真好啊!"

那人点点头,看着大黑的眼里全是赞叹的神色,又像老牛头一样爱怜地一遍遍抚摸牛,说:"我倒是想买它哩,它要是到我家啊,我天天让它喝最干净的泉水,吃最嫩最香的草,不会让它受一丁点委屈的,可是,我出不起钱啊……"

老牛头大叫起来:"老哥,就冲你这番话,大黑——我送给你,一分钱都不要!我只有一个条件,隔三差五的我从城里回来时,你得让牛跟我作会伴!"

就这么谈成了,真的一分钱不要,老牛头把缰绳交到那邻村的老哥手里后,掉头就走,在夜色里一步也没有回头,任凭大黑一个劲地叫唤,他绝不回头!

时光飞快,一晃一个多月过去了,老牛头从城里回来了,回来后一处不奔直奔邻村。那老哥正在小溪边为大黑牛冲洗,一个多月不见,大黑的毛发越发乌亮了。

　　乍见老牛头,那老哥一脸的惊诧,说:"我说,个把月不见,你白是白了,可精气神不那么旺哩。"

　　老牛头喉头涌动,双眼痴迷地盯着大黑看,说:"老伙计,可想死你了,我夜夜睡不着觉哩……"便伸出手去摸,谁知大黑牛猛地一把脖子,那双曾救过老牛头命的月牙一样的尖角示威似的一扬。

　　老牛头大惊:"大黑,是我啊,我是老牛头啊!"

　　可是大黑还是冲他发脾气,一点也不让他亲近。

　　老牛头终于双手捂脸凄叫起来:"老伙计,连你都不认识我了……这下我真成了孤魂野鬼了!"

捡来的年货

　　大年三十,雪花飞扬,空气中处处散发出一股浓浓的年味,李大刚夫妻俩却愁死了。夫妻二人早已双双下岗,女儿小红正上小学三年级,一家人就靠李大刚踩三轮车勉强混个饿不死,每逢过年就如过关。今天接到乡下妈妈的电话,说爸爸已坐汽车来看他们了,放下电话夫妻俩你望望我我望望你,心内一阵阵难过,已记不清有多长时间没回去看望爸爸妈妈了,现在大年三十爸爸进城,总不能让他空手回去吧?可钱呢?家里年货还有一样没一样哩。开了门,雪下得更大了,闷闷的大刚一头扎进大雪中,拖出三轮车骑上就走,他是想再碰上个生意,多赚一点好一点。

漫天大雪中哪有个人影?家家户户都关上门喜气洋洋地忙着过年了,大刚埋着头漫无目的慢慢地踩着,不知道路在何方。忽然车子停住了,原来是车轮碰到个大雪团,大刚用力蹬车想碾碎雪团,谁知那雪团感觉软乎乎的,像是个什么东西,大刚心里诧异,下车扒开雪团一看,厚厚的雪下是一只鼓鼓囊囊的蛇皮口袋。

大刚打开蛇皮口袋一看眼就瞪大了,内面装的全是鱼和肉,加起来怕有三四十斤!大刚大口喘了两口气,四下望望空无一人,他一使劲,就把口袋甩到了车上,这下过年不用愁了。

回到家他把情况跟妻女一说,妻子刘娟还没开口,小红瞪着一双好看的大眼睛大声喊了起来:"爸,这是人家的东西,我们不能要,人家丢了东西心里不知有多着急哩!"

大刚一听尴尬极了,强硬着嘴说:"爸爸也知道……这样做不对,可咱们不是正好没年货吗?再说、再说……小红,马上爷爷要来了,咱总不能让爷爷空手回去吗?爸就这一次,好吗?"

小红气鼓鼓地还要说,刘娟望着蛇皮口袋若有所思地开口了:"大刚,你看这蛇皮口袋又破又脏,一看就是像我们一样的没钱人家才用的东西,这些鱼肉说不定是人家全部的过年家当哩,咱们以心比心,要是我们家丢了这些东西还不急死啊,大刚,我们是穷,可孩子站在面前哩,我们得做个样子给孩子看看,还是送回去吧!"

大刚脸、颈红得像煮熟了的龙虾,埋头"吱吱"抽着烟,忽地用力扔掉烟屁股,轻叹一声,说:"好吧,小红、刘娟,你们说得对,我这就送回去,嘿嘿,我差点被穷逼歪了心。"

小红一听拍着手说:"爸,我跟你一块去。"

于是雪花飞扬中,小红和爸爸快乐地站在刚才拾到蛇皮口袋的地方等有人找过来。天太冷了,只站了一会儿小红就直嚷脚冻得疼,大刚听了心疼地让她先回去,可小红却在雪地里旋转着跳起舞来,她跳得欢快极了,身边雪花四溅,大红的外套在雪白的世界里给衬得像个火红的小精灵,小脸也红扑扑的,一会说不冷了,身上还直冒汗哩。

这时从远处慢慢走来一个人,那是一个老人,头发、衣服上落了一层厚厚的雪,弯着腰一边走一边四下张望,身上还背着一个看上去沉甸甸的口袋。大刚还没看清,小红早已大惊小怪地喊起来:"爷爷、爷爷!"一边喊一边像只小鸟一样飞过去。

大刚一看可不是吗,正是爸爸,他忙迎上去,接下爸爸背上的蛇皮口袋,哇,好沉重,怕有三十多斤。大刚一边和小红手忙脚乱地拍打着爷爷身上的雪花,一边埋怨道:"爸,您下了车怎么不直接去咱家?这么大的雪在街上慢慢走干什么?万一跌了可怎么办?"

谁知爷爷听了却一把抱住小红哭起来,老泪纵横地说:"小红,爷爷老了,不中用了……爷爷昨天杀了一头猪,没舍得全卖掉,就带了三十多斤肉,买了几条大鱼,又带了几十斤糯米,本来是想送给我孙女过年吃的,可我老糊涂了,背着两个口袋下了车往你家走的路上肩膀麻木了,掉了一个口袋我都不知道,现在只有糯米了,我找来找去找不到,我都没脸见你们了,呜呜……"

大刚和小红听了对望一眼,然后父女俩一齐向后走两步,从地上合力抬起一个只一会工夫就被盖了一层薄薄雪花的蛇皮口袋,说:"爷爷,您看这是什么?"

爷爷缺牙的嘴一下子张开了,然后张开怀抱,因为孙女再次像小鸟一样扑入了怀里。

三代人在漫天大雪中抱成一团,开心地大笑着,忘了寒冷、忘了贫困、忘了一切烦恼。

鱼和钓鱼人

刘彬进机关有些年头了,依旧是办事员。机关待遇丰厚工作清闲,只是双休日难打发,于是就陪高中时代的余老师一同去钓鱼。

说是去钓鱼,不如说是看余老师钓鱼,因为往往半天下来,余老师是大鱼小鱼装了一鱼篓,而刘彬却连鱼腥味也闻不到。刘彬便有点急,说:"老师,这鱼欺人,它也晓得讨好老师您呢。"

余老师听了哈哈大笑,说:"哪有鱼儿不上钩的?刘彬,你心不静。"

刘彬不服气:"肯定是鱼阵恰好打您那儿经过,我只是机遇不好罢了。"

钓鱼归来刘彬送余老师回家。每次令刘彬不解的是老师并不把鱼全部拎回家,而是带着让刘彬到左邻右舍挨家挨户地分鱼。刘彬有次忍不住问:"老师,既然把鱼送给别人,那又何必辛辛苦苦站在河边大半天呢?"

余老师听了,看着刘彬反问道:"钓鱼辛苦吗?你想,蓝天白云、杨柳碧波、清风拂面、心如止水,正是难得的享受,刘彬,你怎么会体会不到呢?至于鱼送人嘛,你不知道,吃鱼没有取鱼乐啊!"

不过高手也有失手时,有一次师生俩钓了老半天却是空手而归。在路过菜市场时刘彬说:"老师,等我一下,"说着就下车进了菜市场,再出来时手里拎着几条大鱼。余老师惊讶地问:"干什么?回去好吹牛吗?"

刘彬笑着说:"这不是送给老师您吗?我怕您钓不着鱼不高兴呢。"

余老师一听脸拉下来了,说:"到底是在机关工作的,办事有水平。可你看我像不高兴的样子吗?我说过吃鱼没有取鱼乐,再说,不是自己亲手钓的鱼吃着不香,谢了。"

余老师骑车而去,只留下刘彬呆呆发愣。

鱼阵终有经过刘彬钓竿的时候,不久刘彬升了职,原来单调的生活立即变得丰富多彩起来,双休日不再是鸡肋般的附属品,而是应酬唱和的大舞台。余老师没忘了打电话喊他去享受钓鱼,但刘彬已没空、也没兴趣了。

刘彬在另一种池塘里疯狂钓鱼,日子以令人心跳的感觉飞驰,然而一夜之间翻了船,因重大经济问题他成了阶下囚。仿佛昨天尚在灯红酒绿中高速旋转,今天却因转速太快、太眩而被甩到了另一个世界。

这天有人来看他,是余老师。

刘彬羞愧不已,余老师注视着他,叹口气,说:"刘彬,我只问你一句,你老实回答我,你要那么多钱究竟有什么用?"

刘彬想了半响,说:"老师,你说过钓鱼没有取鱼乐,那么多钱我也知道是花不完的,可你不知道当我亲手把一沓沓整整齐齐的钞票放入口袋时我有多满足、多快乐……"刘彬这么说时双眼放光、呼吸紧迫。

"可你忘了我还说过:不是自己亲手钓的鱼吃着不香!你以为你是钓鱼人,可不知不觉中你已潜入水中变成了鱼啊!"

为谁送葬

县报社马记者这天从乡下老家乘坐中巴车回城,当汽车经过麻坡乡时他吃惊地看到一列引人注目的送葬队伍。说它引人注目是因为送葬的人特多,像一条长龙一样,而且大伙都伤心地哭着,那种悲伤决不是装出来的,想必是一户大家族里的什么德高望重的人升天了。

马记者随口把他的想法跟汽车里其他人说了,大伙都点头称是。这时有个人沉思着开口了:"不对吧,我家离这不远,怎么没听说这两天死了人?对了,我想起来了,前天这个乡的朱乡长意外地死了,说不定大伙是为他送葬哩。"

车里人听了至多咂两下嘴就完了,马记者的职业敏感却立即高度活跃起来:这么多人为一位乡长送葬,那内面的文章可大了去了!这么一想马记者立即兴奋起来,举起照相机"咔咔咔"地拍下那支队伍,还拍了几张脸部哭泣的特写,又问刚才那人:"你知道朱乡长是怎么死的吗?"

那人挠挠头皮,说:"好像是在一个深夜他去一个村子工作,回来晚了,路上被一条狗咬了一口,当时他也没在意,不想那是条疯狗,等发觉不对劲已来不及了,事后那条狗也给打死了。唉,真是可惜了这么个人!"

马记者回到报社二话不说立即埋头疾书,很快一篇重磅报道就新鲜出炉了,标题赫然是"好乡长深夜工作被狗咬,老百姓伤心哭泣送亲人",再加上几张极具视觉冲击力的照片,此报一出果然反响强烈,印刷厂一再加印仍然供不应求,一时城乡上下人人争说好干部。

报社上下正兴奋,忽然间冲进好多人,马记者一看,认得,正是那支送葬队伍。那些人一进来就七嘴八舌地问:"哪位是马记者?"

马记者满脸堆笑地上前,热情地说:"我就是,请问……"

只见当头一人猛地一扬手把一样东西砸在他身上,却正是那份引起轰动的报纸,直听到那人吼道:"姓马的,今个你不在报纸上公开道歉,我们麻坡乡的老少爷们就跟你没完!"

马记者给砸得丈二和尚摸不着头脑,说:"你们这是干什么?我报道错了吗?难道朱乡长他不是深夜工作回来被狗咬了吗?"

那人听了恨恨地说:"深夜回来不假,可你知道他那是什么工作吗?他是去和他的相好的鬼混去了!"

马记者一听头"嗡"的一下就大了,这下事闹大了,完了、完了!忽想起什么,说:"既然这样,那你们为何又那么多人给他送葬呢?你们这不是故意给人错觉吗?"

他这一说更惹得那些人一齐怒吼起来:"谁给那姓朱的贪官送葬了?我们是在沉重悼念那条疯狗!"

第 三 辑
琥 珀 之 恋

点燃一支烛光 / 琥珀之恋 /
危情一秒钟 / 一次最完美的演出 / 有洁癖的乡村少年 /
爸爸的来信 / 最善后母心 / 鲜红的中国结 / 钱是哪来的

点燃一支烛光

晚上,一位晚报记者偶然经过一条小巷,这是位于一座高楼大厦后面的巷子,看上去那么沧桑、陈旧,现代社会锃光瓦亮的生活在它身上并没有留下什么印迹。然后,记者的眼睛一下子瞪大了。

他看到整条巷子里灯光暗淡寂静无声,跟临街高楼大厦的灯火辉煌喧哗热闹形成了明显的对比,再仔细一看,从窗户里、门缝里透出来的哪是什么灯光,分明就是一支支蜡烛的微光。

是停电了吗?那又是什么原因停的电?凭着职业敏感,记者觉得这里面有文章。

记者小心敲开一扇门,开门的是一位面容平静的中年妇女。在记者说出心中的疑惑后那妇女点点头,说:"是的,停电了,不过,只有一户因为交不起电费被停了电。"

记者更奇怪了,追问道:"既然是一户停电,那为什么整条巷子都不开灯呢?"

妇女淡淡地回答:"因为停电的那家有一个再过几天就要高考的儿子,那孩子每天晚上不得不点起蜡烛学习。为了防止家家户户明晃晃的灯光伤害到这个分外敏感自尊的少年,所以巷子里的人家无形之中形成个约定:高考前的日子里大家一起陪着那少年点燃蜡烛。"

记者听了心里什么地方给重重撞击了一下,想不到都市里日益粗糙浮躁的心灵背后竟然隐藏着这么一段柔软的故事。他想了想,又问:"既然这样,那作为街坊邻居,你们为什么不帮少年一把呢?例如把这事报料给报社报道一下,从而得到社会的关注,或者,干脆捐点钱给他们,让他家接上电不是更好吗?"

记者知道自己这样问话很不礼貌,但他是记者,有责任打破沙锅问到底。

妇女听了依旧神色平缓地摇摇头,说:"不是这样的,并不是所有的人都需要大张旗鼓、唯恐旁人不知的援助,有时候,不打扰他们,给他们以适度的空间,跟他们一起点燃一支安静的尊重的烛光,胜过一切帮助。"

记者听了久久无语,然后,毅然决然掉头离去。这是个难得的好素材,不报道可惜了,但他决定放弃,那位妇女说得对,人性的烛光胜过一切帮助,自己没有权力破坏眼前这份难得的宁静。再回头四下看看这点点烛光,就像无数双祈祷时合拢的手,是满天繁星、是无边暗夜里盏盏温情的红灯笼,竟衬得那些流光溢彩的灯火一时黯然失色。

琥珀之恋

不知何年何月,有这样一对恋人,因为羞涩、因为世俗,两人只能偷偷通过书信往来,半明半晦地示好,村头老松树身上的洞就成了他们交换书信的绝密地点。

爱到浓时化不开,男方决定挑破这层窗户纸,只要女方同意就可以请媒

人正式提亲了。男的在一张小小的薄薄的羊皮上一笔一画写下这样一句话：冬雷夏雪，不敢相绝。然后把羊皮纸小心地捻成一小团放入树洞中。

然而还没等到女方趁天黑拿出羊皮信，巨大的灾难却从天而降：离村庄不远的火山突然爆发，炽热的岩浆和致命的毒气使所有的人包括那对恋人眨眼间归于沉寂。

沧海桑田，斗转星移，无数的时光呼啸着急速离去。

这天山林里来了一对手拉手的恋人，到这儿来一是野炊，二是男孩准备郑重其事地向女孩求婚。女孩自然也懂得男孩的心思，她对他其实也早已情有所钟。在一块平坦的空地上拿出包里的食品后，两人又一齐捡枯树枝点火用，当合力抬起一堆枯枝里两双眼睛一下子睁大了。

枯枝下有一个闪着金黄色光泽的球形的东西，小心拿起来，小球在阳光的照射下熠熠生辉，美丽极了！他们都是受过教育的人，片刻的发愣之后几乎同时发出惊喜地大叫："天哪，这是琥珀！"

两人激动地拥抱在一起，又跳又笑地庆贺个没完没了。等疯够了男孩一脸神往地说："我要把这琥珀卖了，钱到手后就出国留学，我早就想出国了。"

女孩闻言不跳也不笑了，望着男孩冷冷地说："你说什么？你要出国？那我呢？"

男孩这才想起旁边还有个人，当下颇有风度地一笑，说："我当然不会忘了你的，等我出国回来做个金领后第一件事就是风风光光地娶你……"

女孩也一笑，说："谁稀罕你娶我啊？我说的是这琥珀是否也有我的一半呢？"

踌躇满志的男孩一下子愣住了，他认真地看着女孩，生平第一次发现面前的女孩这么陌生。

受过教育的人在处理事情上让人称道，他们决定和和气气地解决此事，当然最公平的办法是通过法律解决。

事实很清楚，法官很快做出判决：两人各得一半。可出乎意料的是两人要求立即平分了此琥珀,众人一听惊讶极了,说如此完整的琥珀给锯开了价值就大打折扣了,把琥珀卖了钱再分不是更好吗?

两人却意志分外坚定地说:不,立即锯开,一分为二,永不再会!谁让对方伤了自己的心呢?

在众人的惋惜声里美丽的琥珀一分为二,咦,内面还有一样东西,那是个捻成一小团的羊皮纸,打开,上面写的是弯弯曲曲的篆书:冬雷夏雪,不敢相绝。

"写的是什么啊?"两人撇撇嘴,拿着各自的一半琥珀走了。

危情一秒钟

中午十一点二十分。

这是银行一天中生意最清淡的时刻,大门口空荡荡的,没有一个人进出。

克鲁斯戴着一副能遮住大半个脸的墨镜,静静地站在街对面老半天了,实际上克鲁斯戴着墨镜扮酷有点可惜了,因为他长着一张让人信任的娃娃脸。天似乎有些凉,他又戴上一顶帽子,然后把帽檐往下拉了拉,右手插在宽大的裤袋里,大踏步穿过马路向银行走去。他走得太急促了,以至于有两辆汽车差点擦到他,在刺耳的刹车声和司机的咒骂声里他进了银行。

一见克鲁斯进来,柜台里满面笑容的金发银行小姐立即温柔地说了声:"您好,先生,请问办什么业务?"

小姐的甜美让克鲁斯发愣有一秒钟。

一秒钟过后克鲁斯牙关一咬,正要说什么,就在这时他看到小姐的脸色变了,变得像纸一样白,眼里更是充满了惊骇到了极点的神色,克鲁斯正惊讶,猛地听到身后响起"咚咚"的脚步声,他头一掉,顿时也惊呆了!

只见身后不知啥时进来一个幽灵样的蒙面人,身材高大一袭黑风衣,正举着一支手枪左右瞄准着,同时嘴里恶狠狠地大声吼出命令:"全给我原地站着,双手举起,谁动打死谁!"

蒙面人又用枪一指克鲁斯:"双手抱头蹲在墙角,动就打碎你脑壳!"

克鲁斯的嘴一下子张得老大,墨镜几乎都要掉下来了,简直不敢相信眼前发生的事,片刻之后反应过来了,立即双手抱头蹲在了墙角,他可不想吃枪子。

蒙面人左手一抡甩进一只大口袋,又用枪一指那花容尽失的小姐,吆喝道:"把所有的钱全装上,动作快点,否则,让你漂亮的脸蛋满天开花!"

小姐尖叫一声,立即打开沉重的保险柜,动作十分专业地大把大把装钱,蒙面人满意地看着,他不知道保险柜里新装了与警察局相连的警报器,小姐飞速取钱的同时灵巧的手指在不经意间已按响了警报器。

钱装得太多了,银行小姐这是故意等警察来,然后吃力地递出沉重的袋子,蒙面人"呼"的一声把袋子甩上肩,一边继续用手枪指着大伙一边快速向外倒退,就在这时门外尖利的警笛声破空而来惊人魂魄,同时有喇叭气势凌厉地大叫:"我们是警察,你被包围了,赶快投降!"

蒙面人大惊,向外一看,无数的警察、无数的警车早已把银行围了个水泄不通,不用说是银行职员刚才趁他不注意报了警。他粗野地大骂一声,掉过头来就要扣动扳机以发泄心中的怒火——眼前却一个人也没有了!原来趁他掉头往外望的工夫,所有职员兔子般溜进了一间侧门里,那门是沉重的钢板制成的。

可是还有一个人没法藏身,那就是抱头蹲在墙角的克鲁斯。

蒙面人咧开大嘴狰狞地笑了,挥舞着手枪对克鲁斯说:"你过来,快点!"

克鲁斯不知道他要干什么,胆战心惊地走过来,却见蒙面人放下钱袋,伸出强悍的左臂猛地一把勒住了他的脖子,然后右手举枪向外吼道:"你们听着,我手中有人质,如果你们胆敢行动,我立即杀死他!"

克鲁斯给勒得几乎喘不过气,同时简直要气昏了,自己竟成了人质!

外面的警察一见这情形也僵住了,一会儿过来一个谈判专家模样的人,声调平缓地说:"好的,现在我们谈谈吧,你要什么?"

蒙面人得意凶狠的声音在克鲁斯耳边炸响:"十分钟之内给我提供一辆小汽车,油要加足,不要玩花样,同时你们后退,不允许跟着我,等我安全了我会放人质的。"

谈判专家笑得像见了梦中情人一样,甜丝丝地说:"好说好说,可是十分钟太仓促了,三十分钟好不好……"

克鲁斯听着他们一急一慢地谈判心里急死了,他知道警察这是在拖延时间好做部署,可是,只有他知道蒙面人的身体抖动得越来越厉害了,那勒住他的左臂都汗津津的像洗过了一样,显然蒙面人已接近癫狂的边缘,说不定下一秒钟就会开枪杀死自己的。就在这时他眼睛的余光瞟到左前方的屋顶上有光线一闪,那是狙击手在瞄准!是的,如此的天罗地网里,这家伙又哪里能跑掉呢?抢银行真是一个最愚蠢不过的行为!

克鲁斯紧张起来了,狙击手不会射中自己吧?可是,枪声始终没有响起来,克鲁斯略一想明白了,身后的蒙面人一直把头猫在自己背后,现在这一套谁不懂啊,电影、电视早就告诉歹徒们被警察包围时该怎么做了。

谈判继续进行着,蒙面人明显开始失控了,持枪的手颤抖得越来越厉害,看上去随时都会走火,看来是不能指望警察了,就在这时枪响了!

只见蒙面人浑身一震,眼光随即慢慢收回来,盯着克鲁斯看,枪口似乎也想转过来对准克鲁斯,"砰",又是一声枪响,蒙面人全身再次一震,然后,不相信似的大睁着眼,软软倒了下去。他一倒下去警察才看清,原来那两枪不是狙击手打的,克鲁斯的手中有一把枪,枪口朝后,依旧冒着袅袅青烟。

警察小心翼翼地围上来,却听到克鲁斯喃喃地说:"想不到这家伙身上

还有一把枪,刚才我趁他不注意就拔了出来,我说,我打死他不违法吧?"

当然不违法,实际上市政府很快就狠狠地发给他一笔奖金,因为他的勇敢和正义。

领了丰厚的奖金走在阳光灿烂的大街上,克鲁斯摘下墨镜和帽子扔了个无影无踪,大声说:"抢劫银行,一点也不好玩!"

这是真心话,不过不是对那死去的蒙面人说的,而是对自己说的。那支杀死蒙面人的枪根本就是克鲁斯自己的,他一直放在右口袋里,如果蒙面人再晚到一秒钟,那死去的人就是克鲁斯了。他太需要钱了。

一次最完美的演出

这是大城市里的一间偏僻小店,卖些日用杂货烟酒调料什么的,开店的是李大爷,整天笑眯眯的,古铜色的脸上满是皱纹,此刻正一边品茶一边看着小电视,夜色已浓了。

"大爷,听首曲子吧?"店外忽然有人怯生生地说,是外地口音。

李大爷诧异地抬头一看,店外站着一个年轻人,头发老长,脸色苍白,穿着一件灰旧的夹克衫,在初冬的寒气里簌簌抖着,手里还拎着一把小提琴,正惶恐地望着李大爷。

李大爷愣了一下,随即高兴地笑了起来,皱纹条条舒展,说:"好啊,不瞒你说,我像你这么大时也喜好过音乐哩,年轻人,来一段吧!"

年轻人原本灰暗的眸子一下子亮起来,略一定神,《梁祝》舒缓的旋律便如诗如画如泣如诉地响起来。李大爷微闭着双眼入神地听着,看得出他很陶醉。

实际上年轻人拉得并不好,他的手指在发抖,拉出的旋律跑调得很厉害,一边拉一边还偷偷打量李大爷和他的小店,又打量四周,四周空无一人。夜色更浓了,年轻人的心忽然"咚咚咚"地狂跳起来,呼吸顿粗……

"好!"李大爷忽然一声喝彩,年轻人吓了一跳,这才发现《梁祝》不知什么时候已拉完了,而自己拉琴的姿势还摆着,他的脸不由得阵阵发烫,这在自己的演出史上可是头一次。

李大爷又说:"好多年没听过这么好听的琴声了,给,这是你应得的,请不要嫌少。"

年轻人一看,李大爷递过来两袋面包、两瓶矿泉水,还有——一张百元大钞!年轻人一下子慌乱起来,双手直摇说:"大……大爷,哪能给这么多?您给袋面包就够了。"

李大爷一听不高兴了,说:"这么好听的音乐不给这个价不是污辱音乐吗?也是污辱我老人家哩,笑我不识货是不是?年轻人,接着,你可不能看轻了你手中的家伙!"

年轻人怔怔地听着,似在咂摸李大爷的话,忽然伸出双手接过钱,挺挺胸膛大声说:"大爷,谢谢您!"说完转身大步走了。大爷望着年轻人的背影,一乐。

一晃两个月过去了,这是深冬的一个薄暮时分,李大爷依旧在店里品茶、看电视,这时店门被礼貌地敲响,一个声音说:"大爷,我来看您了。"

李大爷抬头一看来人,想起来了,正是两个月前的那个年轻人。此时的年轻人脸色红润,穿着一件厚厚的羽绒服,手里依旧提着那把小提琴。

李大爷笑着说:"哈哈,年轻人,找到工作了吧?恭喜恭喜!"

年轻人一愣,说:"大爷,您怎么知道的?"

李大爷依旧一乐,说:"你瞧不起我老头子,我胡子一大把了什么事看不出来?我这满脸的皱纹里全藏着事哩。"

年轻人不以为然地一笑，心想人老了就爱吹牛，他哪知道两个月前的此时此地有多么危险。

那时年轻人才从音乐学院毕业，踌躇满志地在这座大城市里开始了找工作，可一连奔波了好几个月工作却依旧是水中月镜中花。眼看已身无分文，连吃饭睡觉都成了问题，年轻人只好拉下脸皮沿街卖艺，使他万万没想到的是没有人认真听他演奏，更无人喝彩，冷漠的都市人甚至在漫不经心地听完了他高超的琴声后还嘲笑他几句，然后毫无例外地拂袖而去，权当是免费的享受。

走投无路的年轻人终于绝望了，胸膛里充满了憎恨和报复的念头，于是当他一眼看到这偏僻的小店和衰老的老人时竟动了抢劫之意，但他还是决定再试一次，试最后一次，只当是与自己的以往做个告别演出。使他意外的是老人不仅有滋有味地听完了他的演奏，而且还给他钱，老人尊重了他和他的音乐，是难得的知音啊！年轻人的恨意烟消云散，在离开的时候顺手把一把锋利的小刀扔进了河里，那把刀原本是准备抢劫时用的。

年轻人想到这里动情地说："大爷，说实话上次我演奏得并不好，现在请让我为您正儿八经地演奏一回，"说着摆开架姿要拉。谁知李大爷听了一脸的羞愧，摆摆手说："年轻人，不怕你笑话，我对音乐可说是一窍不通，是个不折不扣的门外汉，甚至连你手中的玩意儿叫什么名字都不知道哩，演奏嘛，就免了吧！"

年轻人一听惊讶地说："可您上次不是说您年轻时也曾爱好过音乐吗？"

李大爷一听"嘿嘿"一笑，说："那只是为了唤醒你的自尊心啊！年轻人，要知道音乐是高尚的，而人格更是不能被看轻的，我说过我这么大年纪了什么事没见过，我可不想眼看着一个优秀的年轻人因一时冲动干出傻事啊！"

年轻人在夜色里久久地站着、站着，然后深深地、深深地向老人一鞠躬，直起腰，一抬手，《梁祝》那绝世优美的旋律便在茫茫夜色里流淌开来，年轻人要完成自己有生以来最完美的一次演出。

有洁癖的乡村少年

这堂是自习课,刘思清老师没有进教室,而是在办公室内批改作业,就在这时班长大步跑进来,气急败坏地嚷道:"老师,王小飞又和同学打架了!"

刘思清一惊,一边放下手中的笔站起身往外走,一边问道:"知道什么原因吗?"

班长说:"王小飞的同座钢笔不下水,他便甩啊甩的,不小心把一滴墨汁甩上了王小飞的衣服,结果王小飞就和人家打起来,我们怎么拉都拉不开。"

当刘思清匆匆忙忙赶到教室一看,果如班长所言,王小飞正涨红着脸和同座揪成一团,一见老师来他才极不情愿地丢开手。在教育了几句后,望着王小飞孤傲的眼神,刘思清不禁陷入沉思之中。

刘思清分配到这所乡村中学几个月了,工作时间虽说不长,但乡村孩子的好学、勤奋和朴素给他的感受却分外深刻,但也有例外,这个王小飞就是最令他意外的一个。

王小飞的意外表现在特爱干净。他平时总是穿戴得整整齐齐,衣服和书包分外干净,看得出他有一个爱干净的妈妈。但时间一长刘思清发现不对头了,这王小飞干净得也太过分了,即使上体育课打会篮球他都把手洗了又洗,而足球他是从来不肯踢的,理由是鞋子会脏了,至于像其他学生一样在地上摸爬滚打之类的,根本没他的分,理由还是会脏了衣服。有一回有个同学无意中一脚踢出,把只脏乎乎的足球踢到他身上,这本是常事,谁知他

和人家打起架来。这一切反常表现使得刘思清很惊讶,他不知道洁癖这样一个毛病怎么会出现在一个乡村孩子身上,照理说来,乡村男孩子应该更亲近自然、亲近大地才对。

王小飞如此爱干净的直接后果是他越来越不合群,成绩也越来越差,可刘思清知道,王小飞以前的成绩十分优秀,也是个相当聪明的孩子。都是洁癖害了他!

刘思清想来想去,决定明天,也就是星期六到他家做次家访,他要跟王小飞的爸妈好好谈谈,爱干净是好事,但不能教育孩子如此爱干净。

然而出乎意料的是,当刘思清来到王小飞家时,却发现王小飞的爸妈全不在家,他们都在遥远的外地打工,即使过年也不见得能回来一趟,和王小飞相依为命的是他多病的爷爷。

刘思清在小河边找到了王小飞,王小飞正在洗衣服,此时已是隆冬,河面结了一层厚厚的冰,王小飞是敲开了一个冰窟窿才得以洗衣服的,他的手因为极度寒冷冻得通红,以致于不得不过会就拢到嘴边哈哈热气。

刘思清没有惊动王小飞,只是默默看了一会儿,身体有点微颤,然后大步走过去,声音异样地说:"小飞,老师帮你洗……"

回过头,按照学生档案上的纪录,刘思清拨通了王小飞爸妈的电话,他的语气从未有过的斩钉截铁。

这堂是体育课,也是孩子们最爱上的课,身兼体育老师的刘思清和同学们在操作上踢足球踢得欢声雷动沸发盈天,就在这时一位同学"咣"的踢出一脚,然后大伙全愣住了,那足球巧不巧地正踢在一位同学的身上,他正是王小飞,王小飞干干净净的衣服顿时脏了一大块。

谁知王小飞一边敏捷地停好球,一边满不在乎地大叫道:"我才不怕脏哩,反正我妈会给我洗的。"

同学们全笑了,刘思清更是发自内心地微笑起来,是的,在他的坚决要求下,王小飞的妈妈回来了。先前刘思清在电话中郑重其事地说道:"你们必须回来,至少回来一个,否则虽然你们挣了钱,但不利于王小飞的青春期成长！"

因为独自跟衰老多病的爷爷生活，所以王小飞除了繁重的学习，还承担了家庭的全部重担，包括做饭、洗衣服，太忙太累了，他不想经常洗衣服，他想时时刻刻保持衣服干净，更因为那天天挥之不去的孤独，慢慢的，便有了"洁癖"。这是生理上的，更是心理上的。

现在好了，他的妈妈回来了，王小飞重又开朗起来，成绩也直线上升。

望着生龙活虎的王小飞，刘思清忽然收敛笑容，暗暗叹了一口气——要是王小飞的爸爸回来就更好了，那样更有利于他的身心发展。还有，班上已有男同学开始偷偷上网、抽烟，有的女同学胆特小……要是他们的爸妈全在身边，该多好！

爸爸的来信

今天绝对是个值得纪念的日子，我领到了生平第一份工资，整整600元整。一同出来打工的女孩子们乐坏了，像一窝小喜鹊一样叽叽喳喳地疯闹着、商量着怎样开销这笔"巨款"，有的说要买件好看的衣服，有的说要买套昂贵的化妆品，还有的女孩苦着脸说寄回家里，说这话的女孩家里肯定很穷，事实上出来打工的女孩家又有几家是有钱的呢？我家里更穷，可我不想寄钱回家，因为我是和家里人赌气出来的。

我高中没考上大学，想重读一年，可爸爸不让，说家里实在拿不出钱来了，是的，全家就爸爸一个劳力，妈妈常年身体不好，是个药罐子，还有个读初中的弟弟,可问题在于我不能重读为什么弟弟就能继续上学呢?这明明是爸爸偏心嘛。我恨爸爸破了我的大学梦,一赌气就和几个要好的女孩子一同出来打工,我甚至发誓再也不回那个让我伤心的家了,现在我挣到了钱,当然不想寄钱回家。

就在这时有人找我,一看却是同村的一位大哥,那大哥说他刚到这里准备找活干的,顺便给我带来我家里一封信。我接过信的第一个想法是莫不是爸爸跟我要钱吧?这时那大哥又说:"本来你爸再三叮嘱我不告诉你,怕你担心,可我想还是告诉你的好,你爸前几天上山采药时不小心把腿跌伤了,他又舍不得到医院看,就这么硬挺着,走路都一拐一拐的,却还硬撑着上山采药,唉,也难怪他这么拼命,你弟弟上学你妈妈看病都靠他一双手啊!"

那大哥叹息着走了,我心颤颤地抖起来,眼前慢慢浮现出头发花白的爸爸一年到头佝偻着腰忙个不停的样子,似乎听见了他一声紧似一声的快要咳破胸膛的咳嗽声,可爸爸还不到五十岁啊!我心一点点软化了,要么就寄点钱回家吧?

我撕开信,一看笔迹就知道是弟弟写的,弟弟的字越来越好了,我这么一想嘴角不禁自豪地弯了弯,再看内容,是爸爸的口气,说家里很好,一切都好,你妈妈的身体有起色了,你小弟的成绩也越来越好,当然他自己的身体就更不用谈了,很是结实,天天能爬上好高好高的山,能挖到好多好多的药,能卖好多好多的钱……你一个女孩子家孤身一人在外面,好多方面要用钱,爸就托人带给你一百元钱,你看着买点衣服什么的,不要舍不得花。爸知道没让你重读你心里苦,可爸真的没办法啊……

信纸上有一块块的泪斑,那是写信的弟弟流下的吧?

我看不下去了,眼里一阵阵地起雾,忙抬手擦,手一抖,信封里飘出一张百元大钞!

原来爸爸不是要钱的,是送钱的啊!

我忽然知道怎样"花掉"我人生中第一个月工资了。

我含着泪飞快地跑到附近的邮局,二话不说寄出了我人生中的第一个月工资,包括爸爸带来的一百元钱,而且,我还下定了决心,以后要一直不停地寄下去。

最善后母心

陈玉是影儿的后母,影儿从没喊过她一声"妈妈",影儿爸为此没少训影儿,说现在的妈妈难道对你不好吗?影儿尽管在心里不得不承认这位笑眯眯的后母对自己确实很好,总是给自己买最好吃的、最好玩的、最漂亮的衣服,可就是不愿喊她"妈妈"。影儿觉得她是在伪装,她忘不了自己那患病死去的妈妈。每当影儿爸训斥影儿时陈玉总是立即制止他,说你干吗呢,影儿还小嘛,谁不想念自己的妈妈?

忧郁的影儿突然飞来横祸:她那原本明亮的眼睛失明了!医生说这是脑部神经压迫所至,陈玉焦急地问有办法吗?医生说办法只有一个,说是眼膜移植,但是医院里根本没有库存眼膜,排队等待眼膜移植的人太多太多,要轮到影儿还不知哪年哪月哩。

家里从此笼罩着一层阴影,影儿更忧郁了,脾气却更大了,动不动就哭、掼东西,她觉得这一切不幸全是可恶的后母带来的。细心的她近日还常常听到从后母房里传出的争吵声,似乎是关于自己的眼睛的,是的,后母的心这时该原形毕露了。

离影儿家不远处有一条特殊的道路,那是一条专供盲人走的道,影儿失明不久就开始练习走盲道,她认定在这个家庭里被抛弃是迟早的事,她必须

学会自立。盲道只有两砖宽,影儿不知绊了多少次,摔了多少跤,太难了。

后母却更忙了,一洗涮过碗筷就不见她的踪影,不知道她干什么去了,爸爸听起来似乎也很不满,常责怪她独自外出,有几次影儿听到爸爸说后母的脸都破了,这使得爸爸大发雷霆,但后母却并不辩解。

奇迹在一日发生了:影儿的眼睛突然恢复了光明,医生也很惊奇,说这是由于眼神经不再受压迫的结果,这是很少见的。

一家人高兴极了,当从医院回家的路上经过那条盲道时影儿忽发奇想,说要走一回盲道给大家看看,说着影儿就闭起眼走了起来,但她走得并不顺利,踉踉跄跄的,有好几次都走出了盲道,还差点绊了一跤。影儿不好意思地笑笑,说自己练的时间不算短了,可还是走不好,幸亏现在用不着了。

后母也笑起来,说幸亏影儿眼好了,不然走盲道的不是影儿,而是她。影儿不知道这句话是什么意思,但她很快就明白了:只见后母掏出一块大大的黑手帕,牢牢蒙住眼睛,然后——稳稳走上了盲道!她走得很直、很快、很熟练,没有一丁点犹豫,甚至可以说与明眼人走大道没有什么差别。影儿惊奇极了,想不到后母还有这么一手,抬头一看爸爸,却发现爸爸眼红红的,影儿惊恐地问爸爸为什么哭啊,爸爸哽咽着说:"从你失明那天起你妈妈就要把她的眼膜换给你,我没同意,想再等医院的消息,你妈却不想再等了,所以她就天天刻苦练习走盲道啊!"

影儿吃惊地想自己以前是个不折不扣的盲人,迫不得已走盲道,练习了那么长时间还不熟练,而作为明眼人的后母走盲道如此熟练该付出多少努力啊!

影儿的心重重被撞击着,她怯生生地走到后母面前,喊了声:"妈妈!"

陈玉如雷击般呆住了,然后娘儿俩忘情地抱在一起,一任泪水奔流。

鲜红的中国结

为了能使志明完成学业,妈妈在家里没日没夜地给村办编织厂加工中国结,才四十几岁的人头发却花白了一大片,这让志明看在眼里疼在心里。他暗暗发誓:将来一定好好孝顺妈妈。

在记住妈妈苦的时候志明也记下了家乡人的冷漠,在那样困难的日子里,村里人从没伸出过援助之手,一任他们娘儿俩在苦海里扑腾。

终于毕业了,凭着优异的成绩和农村人特有的韧劲,志明找到了一份相当不错的工作,再经几年拼搏,当终于拥有了属于自己的一方天地后他立即风雨兼程地赶回家乡,他要接妈妈进城。

妈妈见儿子回来高兴坏了,立即烧了两样儿子最爱吃的菜。边吃边聊时志明说起回家的另一件事情:为公司顺便考察一下投资环境。志明的公司是一家资本雄厚的果品公司,目前公司正四处寻找一处果品充足的地方,然后投资办厂。

妈一听兴奋地说,咱这老家不正符合条件吗?你看,漫山遍野的全是桃啊杏的……志明一听摇摇头,说:"我不想向老板推荐家乡,因为家乡人太自私太刻薄了,从来没照顾过我们,不值得回报!"

妈一听火了,说:"你说什么啊?咱们好手好脚的凭什么叫人家照顾?再说,大伙的日子过得也不容易。"

娘儿俩第一次不欢而散,中饭后郁闷的志明信步闲逛起来,不知不觉中走到村子北头,然后看到一长溜好几间日久破败的房子,他一下子想起来了,这就是村办编织厂。

其中一间房子门开着,志明好奇地走过去一看,却是满满一屋子的中国结,里面有一个人正弯腰忙着把中国结翻来翻去的。

志明认得那人,是一辈子孤身一人的五叔。一见志明五叔咧开嘴笑了,一脸赞许地说:"志明,听说你回家要接妈妈进城享福了?你娃子良心蛮好的,你妈为了你可吃了大苦了,那苦真是三天三夜也说不尽哩。"

志明淡淡地点点头,随口问了一句:"五叔,你在这儿干什么?"

五叔回答说:"你看这么多漂亮的中国结卖不出去,扔了可惜,放着吧又怕虫蛀鼠咬什么的,所以我就主动到这儿做保管来了。今天太阳不错,我想翻晒翻晒防止发霉。我是个孤老头子,身体又有病,要不是大伙照顾我早就骨头打鼓了,所以我也不要工资,就当为大伙做点贡献吧。"

志明一听有点诧异,家乡人竟这么温情?想了想又问:"可是,以前咱这编织厂生意不是蛮好的吗?怎么会积压这么多呢?"

五叔却直摇头,说:"好什么啊,只办了两年多就办不下去了,竞争太激烈了。"

志明连声说:"不对不对,五叔你记错了,我妈妈不是打了好几年的中国结,一直卖给厂里的吗?"

五叔一听动作明显地迟钝了一下,然后吃力地直起腰,神情异样地说:"嘿嘿,我说漏嘴了,好吧,我把实话告诉你吧。厂子确实只办了两年就停了,可一直收着你妈打的中国结,因为你那时正上学,孤儿寡母的太困难了,所以大伙的意思是,厂子再亏也不能亏你家!同时又瞒着你妈,因为你妈是个要强的人,她到现在恐怕还不知道真相哩……"

志明愣住了,好半天慢慢弯下腰,把脸紧紧贴在那些鲜红美丽的中国结上,就像浸入在妈妈以前那酸苦不过的时光里,更像回味着乡亲们一颗颗滚烫而又质朴如山的善良。

钱是哪来的

暑假一过东子就到城里上高中了,他心里止不住地乐,城里多好啊,干净、时尚、繁华,可以开眼界、可以长见识……爸爸却现出一副忧心忡忡的样子,东子问怎么了,爸爸幽幽地说:"我怕你进了城会乱花钱,因为你从来不晓得钱是哪来的。"

东子一听不服气地说:"我都这么大了,能不知道钱是哪来的吗?钱,不就是你种西瓜、卖西瓜,一个汗珠摔八瓣挣来的吗?"

东子以为自己这样回答可以算是标准答案了,要是考试肯定能得满分,谁知爸爸听了竟大摇其头,说:"太空洞了,哪个行当不是这样子挣钱的?这样好了,这个暑假你也甭玩了,就跟我卖西瓜,然后你就知道钱是怎么来的了。"

这天一大早至多四点多钟吧,天还没亮,老天就像下火似的,热得没法说,东子正舒舒服服地吹着电风扇酣睡,爸爸推开门叫了起来:"起来,起来,跟我下田摘西瓜去!"

东子一听吃力地睁开眼睛,不情愿地叫了起来:"这么热的天还下田?那不热死人吗?"

爸爸用力一拍东子的屁股,说:"儿子,瓜农就挣个热天钱,老天要是不热,我这西瓜卖给谁?"

东子苦着脸爬起来,却发现爸爸一脸的兴奋,他忽然想起白居易《卖炭

翁》内的一句诗来：心忧炭贱愿天寒。而爸爸是心忧瓜贱愿天热。

这么一想东子脱口而出："老爸，我知道钱是哪来的了，钱是在酷热中熬来的！"

爸爸听了微微点头，说："有点切身体会了。"

爸爸开着农用三轮车带着东子来得田里后，先简明扼要地告诉东子怎么挑选熟了的瓜，然后一声吆喝："立即摘瓜装车，必须赶在六点前进城。"

东子听了正想问为什么要赶在六点前进城，爸已弯腰忙了起来，东子不好再问，也抓紧忙活起来。一眼望去田里满是滚圆硕大的西瓜，像一个个撑饱肚皮的小猪崽似的，逗人喜爱。

可东子的好心情很快就没了，因为那一个个大西瓜越来越沉，东子的腰都快弯到地了，身上的汗像虫子一样直往下爬，他终于撑不住了，一屁股坐在田埂上张大嘴直喘大气。偷眼看爸爸，爸更是汗下如雨，可他还是弓着腰，来回小跑着把瓜一个个抱上车子。

爸爸年纪不算大，可背看上去已有点驼了，还常说腰疼……东子这么一想心里一跳，大声叫了起来："老爸，我知道钱是哪来的了，钱是无数次弯腰弯来的！"

满脸油汗的爸爸听了嘿嘿一笑，说："我儿子就是聪明，说的一点也不错，实际上还有好多前期工作你没看到，例如下种、盖地膜、施肥、除虫什么的，哪一次不要弯着腰？好了，快干吧，天色不早了。"

在衣衫湿了好几次后，爷儿俩终于装满了一车子碧绿的西瓜，然后车子欢快地开了起来，迎着风一吹，东子觉得舒服极了，有种劳动后的喜悦。可是，当车子要进城时被人拦下了，那是位交警，爸爸紧张地说声："不好，过六点钟了，警察不让农用车进城！"

东子吓了一跳，城里还有这规矩！

这时那警察走过来礼貌地敬了一个礼，说："大叔，对不起，过点了，请回头！"

爸爸早已跳下车堆起一脸谦卑的笑，又是弯腰又是作揖，说："警察同志,你看刚刚过了六点,你就高抬贵手放过我一次吧,下次我再也不敢了。"

或许是爸爸的黑瘦憔悴打动了警察,又或许是爸爸的一身臭汗熏退了警察,反正那警察在愣了一下后,竟缓缓做了个放行的手势,那一刻爸爸激动得语无伦次,感谢个没完没了。

爸爸精心挑选了靠菜场的一处停下车子,然后大声吆喝起来,菜场人特多,生意很快火了起来,可是,还没等东子和爸爸高兴多久,有几个人虎着脸旋风般直冲过来,是城管。

城管们二话不说一把抓过秤就要砸,同时厉声叫道:"说过多少次了,这地方不让卖,你们就是不听!"

东子哪见过这阵势,吓得大脑里一片空白,爸爸早已胡乱摇着双手一迭声哀求起来:"不要动手、不要动手啊,我真的是没法子啊,你看这是我儿子,他马上就要进城上高中了,可我实在拿不出钱,所以才不得不卖西瓜,还有他妈妈是个老病鬼子,我不卖西瓜,他妈妈甭说药了,连饭都没得吃,各位领导,行行好吧,我求求你们了……"

爸爸说的全是实情,那些城管一听止住了手,然后相互看看,最终叹口气,一边交还秤一边说:"大叔,不是我们要为难你,我们也是人,也有良心,可我们也有难处啊,领导要市容漂亮……嗨,不说了,这样吧,我们告诉你一个地方,那儿可以摆摊,生意也不会比这差多少的,不过,要交点费。"

在城管指定的地方,爷儿俩重新做起生意来,东子出神地说:"爸,经历过警察和城管这两件事,我敢说现在才算真正明白钱是怎么来的了——钱是求来的,对不对?"

爸爸却摇了摇头,神情看上去有些紧张,说:"还不止这样……"

话音刚落有人叫了起来:"我说,哪个允许你在这卖瓜的?"

这声音听上去无比的凶悍霸道、不可一世,东子爷儿俩吓了一跳,抬头一看,只见两个膀大腰圆戴着大墨镜的年轻人大摇大摆地走了过来,让东子害怕的是,两人的胳膊上都文着电视上才看到的张牙舞爪的青色图案,恐怖极了。

爸爸看上去也怕得要死,说:"大、大爷,是城管叫我们来的,我们是交了费的……"

一个墨镜突然蛮横地一挥拳,"啪"的一声,一个大西瓜被他一拳砸得粉碎,红红的汁水顿时流了一地。要知道那瓜至少值十多块钱,是爸爸熬了多少热、弯了多少腰、求了多少次才运到这里的啊!东子的眼红了。

砸瓜的墨镜直指着爸爸大声吼道:"你交的那钱跟我们没关系,我们只管收地盘费,不然立即滚蛋,迟一会就砸烂你的摊子!"

爸爸哆嗦着说:"两位大爷,你说的什么费要交多少?"

墨镜一抖脸上的横肉:"200块,少一分就砸你的秤!"

爸爸抖着手掏出身上所有的钱,数了数,哀哀说道:"大爷,我才做了一小会生意,只有100多点,大爷,能不能少点……"

"啪"的一声响,另一个墨镜一拳又砸碎了一个西瓜,然后,令东子不敢置信的一幕出现了——爸爸"扑通"一声跪了下来,没口地说:"大爷,我真的没钱了啊,你们就发发慈悲吧……"

两墨镜骂骂咧咧地抓过钱,然后一人抱了一只大西瓜,扬长而去。

东子想喊、想骂、想哭,爸爸站起身,脸上却现出如释重负的样子,说:"这是两个地痞,惹不起的,现在终于没人打扰我们了。"

东子流下了眼泪,说:"爸,我终于知道钱是怎么来的了,钱是跪来的!"

第四辑

共舞月光下

忠诚的期限 / 善心无价 / 再见,校园 / 八月花未谢 /
共舞月光下 / 梦想从来不曾折翼 / 明亮的灯光 / 母亲的遗产

忠诚的期限

阿东转悠好长时间了,可就是找不到一份合适的工作,每次应聘带给他的总是失望。想想真是奇怪,满大街的招聘启事,怎么就没有自己的一席之地呢?

这天他鼓足勇气直接进入一家公司的老总办公室,面对老总诧异的目光,阿东豁出去了,说:"我知道这么做有点唐突,可我真的需要一份工作,而且我有信心、有能力做好,请给我一个机会!"

老总用犀利的目光打量着阿东,幸运的是他没有叫来保安,而是一脸抱歉地说:"我相信你,不过,目前实在没有空缺的位置,要不,你先帮我们送一个月的盒饭如何?当然,我会付你相应的报酬的。"

阿东愣了一下,这份"工作"太出他意料了,心里再次一阵失望,转念又想到口袋里只剩下为数不多的几张钞票,他答应了,先混饱肚子再说。

送盒饭的工作并不轻松,公司有一百多人,阿东每天早上要登记好每个人想要什么菜、要多少,然后飞快地赶到相当远的一家快餐公司订餐。临近中午的时候他必须把热气腾腾的饭菜及时送回公司,再把空了的饭盒清理干净。公司一天供应员工两顿饭,也就是说阿东得辛苦两次。

阿东每天忙得腰酸腿疼的,晚上回到自己租来的斗室时不禁黯然神伤:难道就这样混下去吗?不行,送盒饭只是权宜之计,我还得找工作。

于是阿东一边送盒饭一边继续四处递材料找工作。一晃送盒饭快一个月了,老总说过让他先送一个月盒饭的,那么过了一个月自己不是又要失业了吗?阿东这么一想真急了。

就在这时有了回音:有家公司愿意聘用他。阿东一听兴奋极了,新的工作正是自己渴望的那种,而这时离一个月的期限只剩一天了。

到新公司上班总得有一身合体的衣服吧?还有,房东已催过几次房租了,可钱又从哪里来哩,那点工资根本不管用……阿东这么想着,一低头看到手中那一厚厚的钱,心突然无缘由地狂跳起来!这钱是公司每天付给他让他订盒饭的,原先公司是先订盒饭后结账,后来老总嫌麻烦,说阿东,以后你干脆先领了钱,一手钱一手盒饭好了。

阿东一时嘴发干心跳得厉害,咬牙发了半天愣后终于决定带着这些钱来个人间蒸发,反正明天就要到新公司上班了,没有人会找到他的。

于是阿东没有去订盒饭,而是揣着钱消失了。

第二天他一身新衣兴冲冲地来到新公司上班,新老总亲自接待了他,神色郑重地说:"本公司研制的产品技术含量相当高,所以十分看重员工的忠诚度……"

阿东张张嘴刚要表白,却被新老总一个坚定的手势给阻止了,又说:"本来我的老板对你是十分满意的,所以他向我郑重推荐了你,经过将近一个月的暗中观察,我也对你十分满意。可昨天,也就是考验期的最后一天,你的表现让老板,以及我十分失望,你忠诚的期限连一个月都没坚持下来。现在,你可以走了。想知道我的老板是谁吗?就是叫你送盒饭的那位,本公司是他的下属单位。"

阿东木然地走出公司大门,忽然狠狠抽了自己一个大嘴巴,然后捂着脸蹲在地上,失声痛哭起来。

善心无价

秋风才起的时候山里人家就有了一项重要的事要做——上山逮蜈蚣。爬上山,翻开一块背阳的石头,幸运的话就会看到一条黑黑红红的蜈蚣在慌慌张张地爬,用筷子小心地夹住,放入布口袋,回到家用小剪子小心地剪开肚皮,取出内脏,然后晒干、封好,就等着山外的药材贩子来收购了,这可是上好的中药材,一条卖相好的蜈蚣干可以卖好几块钱。

说话间贩子们骑着摩托车来了,山里不通公路,只有崎岖不平的山路,摩托车是他们最方便的交通工具。他们来到山村后也不吆喝,每个人支好车子拿出一块厚纸板,上面写着"现金收购蜈蚣干",然后或蹲或坐或抽烟或闲聊,坐等山民前来卖蜈蚣干。这种生意就是这么年年做下来的,与往年不同的是今年的贩子里出现了一个新面孔,那是一个十七八岁的男娃。

男娃叫陈旭东,县城人,刚刚收到大学录取通知书,看着散着油墨香的通知书才笑了两秒钟笑容就凝固了,那上面可是天文数字般的学费啊!陈旭东爸妈都死于一场车祸,平日里只和奶奶相依为命,生活上学等一切开支全靠爸妈的赔偿费一分一分节省着花,现在赔偿费已花得差不多了,却生出这么一大笔开支,这不是要人命吗?望着一脸愁容的奶奶陈旭东决定自己找活干,东打听西打听后就骑上爸爸生前留下的一辆旧摩托车干上了这行,好在收购蜈蚣干所要本钱不大,周转快,只要肯吃苦就行了。

以后的日子里陈旭东像其他同伙一样等着山民们前来卖蜈蚣干,可一天天过去了陈旭东发现别人都收到了许多,唯独自己收不到几根,连汽油费也挣不回来,他仔细一观察,原来贩子们和山民很熟,那都是多年的交情了,自己哪能竞争得过他们?陈旭东不免犯了愁。

这天陈旭东正没精打采地蹲着,面前来了一位枯瘦矮小的老阿婆,老阿婆太老了,嘴里的牙都掉光了,拄着个拐杖走路颤颤巍巍的,一径走到陈旭东面前口齿不清地说:"小哥哥,我有几根干子,请你做做好事收下吧?"

陈旭东早就注意到这么一位老阿婆,她已到好几个贩子面前转过一遭了,不知她要干什么,现在听她说要卖蜈蚣干,陈旭东心里一阵高兴,可再一看老阿婆的手帕包心就凉了,那几个干子也太小了,而且破了相,收下来药材公司要不要还要打问号,难怪那几个贩子光摇头。

陈旭东本想拒绝,可望着老阿婆那满是期待甚至还有央求的眼神一时竟开不了口,这时老阿婆又说话了:"小哥哥,我不要钱的,只要你带我进趟城就行了,我想去看看我的儿。"老阿婆"我的儿"三个字一出口就撩起衣襟擦眼泪。

陈旭东一愣,话冲口而出:"阿婆,看儿子是高兴的事啊,您哭什么?对了阿婆,您儿子叫啥?住在哪儿?"

老阿婆一听伸手在衣襟里掏了半天,又掏出一个手帕包来,一层一层地打开,内面只有一张纸片儿,递给陈旭东说:"我儿就住在这里。"

陈旭东接过来一看,纸片上写的是:革命烈士纪念馆!这么说她儿子在纪念馆工作?正要问,旁边过来一位老汉,老汉长长叹口气说:"这位小哥,她儿子今年夏天带领大伙抗洪时不小心给水冲走了,尸体到现在还没找到,事后就给追认为烈士,老阿婆天天想到城里看看儿子挂在纪念馆里的照片,说那是儿子的新家,要烧纸钱给他用,可她没钱,这么大年纪了还天天一步一步地,有时甚至是手脚一齐来才能爬上山找蜈蚣,你看到的,蜈蚣没找到几根,却差点儿给蜈蚣蜇死了,我们想带她去却没车子,唉!"

陈旭东听了心里"咯噔"一下,眼泪要往外冲,他转身对老阿婆说:"阿婆,我带您去,您只要卖一根干子给我就足够了。"

陈旭东请那老汉找来一根长长的布带,然后把阿婆抱上摩托车,他自己再坐上去,用布带子把两人紧紧地扎牢,山里小路高低不平,不扎牢可不是闹着玩的,就这样还得慢慢开。

陈旭东正要发动车子,那老汉拦住了他,问:"小哥,你刚才说只要她一根干子就够了?阿婆人老了我可没老,你这不是赔本了吗?"

陈旭东露齿一笑,就:"我奶奶也这么大年纪了,看到阿婆就像看到自己的奶奶一样,孙子为奶奶做点事还要钱吗?您放心,我一定把阿婆安全送到,今晚阿婆就在我家和我奶奶打伴吃饭、睡觉,明天一早我保证把阿婆再送回来。"陈旭东说着发动了车子。

却见那老汉没有让开,他望着陈旭东不吱声,忽然向远处一招手,大声喊道:"我说老少爷们全过来!"话音刚落"呼啦"一声过来好多人,全是准备卖蜈蚣干的山民,老汉向他们轻声说了什么,只见大伙边听边点头,末了一齐走到陈旭东面前,说:"小哥,我们这些干子——全卖给你!"

陈旭东吓了一跳,望望大伙,不像在开玩笑,个个一脸的笑意,那是发自内心的真诚的笑,是山里人特有的淳朴的笑。再望望老汉,老汉正吸着旱烟笑眯眯地看着自己,一边意味深长地点着头。

陈旭东什么都明白了,慌乱地说:"可我没有这么多现钱啊?"

山里汉子们一个人使劲地摆着手说:"什么钱不钱的,你先拿去好了,等卖了再给钱也不迟嘛。"

陈旭东死命地咬着嘴唇才保证眼泪没落下来,他扭过头大声对身后的老阿婆说:"阿婆,我们这就出发喽!"

那年初秋十九岁的陈旭东做成了山里有史以来最大的一笔蜈蚣干子买卖。

再见,校园

高考近了、到了,又倏忽远去了,同学们忽然不舍起来,在校园里那棵遮天蔽日的槐花树下,在浓浓的槐花香里,开了最后一次联欢会。雪白的槐花啊,让每一个青春少年伤感又迷醉,尤其当《骊歌》最后唱起时,更让泪水恣意打湿了脸庞。

晚上颜静回到家后一声不响,妈妈正要问联欢会开得怎么样,却看到颜静忽然趴在桌子上,肩膀一耸一耸地,无声地哭了起来。妈妈吓了一跳,问:"发生什么事了?"

颜静不语,还是哭,终于抬起头时却见脸上泪痕斑斑,说:"我再也见不到他了,这回是真的见不到了!"

妈妈一头雾水,问:"见不到谁啊?"

妈妈不知道颜静心底的秘密,那是她的一个同班同学,明亮的眼睛总是闪着聪颖的光芒,有时不经意间一个眼神的碰撞、校园内的一次匆匆擦肩而过,都让她心头鹿撞,空气中刹那间遍布神秘的芬芳。颜静当然知道有些话是不能说的,所以三年了,她一直独自闭守着这个秘密。

颜静最后说:"妈妈,我知道高中时不应该这样,我知道那只是一阵飘过的风、一片偶然的云,可我仍然愿意沉浸在那种幻想中不愿醒来,可是现在,这幻想真的破了,我再也见不到他了。妈,我该怎么办?"

妈妈听了久久无语,她有点震惊,可没有责怪,更没有大发雷霆,而是抚着颜静的头发说:"青春岁月对异性产生好感是正常的,也是健康的,让妈备感欣慰的是你处理得很对,我发现,我的宝贝女儿真的长大了,懂事了。颜静,他对你有同样的好感吗?"

颜静擦干眼泪,一脸迷茫地摇摇头,说:"我不知道,有时我觉得他看我的眼神中似乎别有深意,可那只是一闪而过,更多的时候则是无动于衷,甚至冷眼相向。我永远记得有一次放学时下雨了,我没有带伞,忽然看到他撑开一把伞走了过来,那一刻我的心都要跳出来了、呼吸都停止了,我希望他为我打伞,可又怕得要命,结果他哩,只是从我身边走过,脸上冷冰冰的,好像没看到我一样,为了这事我气他好多天哩。"

妈妈在心里说:那就是好感啊颜静,这时候的少年越是对对方有好感,就越是爱装出一副爱理不理的样子来,甚至不惜伤害对方。妈妈说:"这样说来,你就坚决忘掉他!"

颜静眼泪又下来了,无助地说:"可是妈妈,我真的忘不掉他,三年的记忆、三年的痕迹,我舍不得忘记,也无法忘记啊!"

妈妈沉吟了半晌,说:"妈教你一个好方法,那是我们那个时代的人常用的一个方法:你把他的名字写在一张纸上,然后装在一个盒子内,再深深地埋在一棵大树下,这样一来你就能忘掉他了。"

一夜无眠,梦里总是他的名字在飞,以至于颜静生气地大叫:"我终于有办法忘掉你了,请走开!"

第二天一大早,颜静拿着一个小小的可以密封的塑料盒子和一把小铲子出了门,塑料盒子可以久久地在地底下存放哩。那张字条上一笔一画地写了这样一句话:我一定要忘掉你。埋藏盒子的地点颜静第一个念头就想好了,还有比校园的那棵大槐树下更合适的吗?

大槐树啊大槐树,今天我不是在你身边读书的,我是来向你告别的,我是来埋藏一段记忆的。清香四溢的槐花下颜静正默默念叨,忽然看到树后走出一人,那人手里还拿着一本书。

竟然是他!都高考过了还读书?

颜静一时呼吸全失,脑子里一片空白,时光刹那间都凝冻了,可是,他只是对她略点了一点头,然后走了,一步一步地走远了。

颜静的眼泪又要不争气了,气得她对自己说:"马上都要忘掉他了,还失态!"

于是她蹲下身用手中的小铲子用力挖啊挖,然后挖到一个盒子,一个崭新的塑料盒子。

颜静的手忽然抖了起来,打开盒子一看,里面只有一张字条,上面写着一句话:颜静,我一定要忘掉你!

八月花未谢

四月里,黄昏的校园静悄悄的,到处弥漫着各种花草的香味,高三女生周丽满腹心思地走着。放学前她在和张翔擦肩而过时张翔突然小声对她说了一句话:"放学后大槐树下见!"然后就飞也似的跑走了,弄得她好长时间恍恍惚惚的。

大槐树在校园的一角,不知道它有多大年龄了,反正老师的老师的老师……上学时它就存在了,春天一身绿,夏天一身白,同学们最爱在它的庇佑下读书、思考。

放学了,同学们都走光了,周丽走到树下时张翔早已站在那儿,双手使劲地绞着,两人静静地站着,好长时间不说一句话,只有槐树叶子的清香在他们之间漂荡。

张翔终于开口了:"你……你好!我想……找你聊聊……"看得出他说出这句话是费了劲的。

周丽一甩头发,说:"行啊,聊什么呢?"

张翔咬着嘴唇,用力说:"我想……你难道不明白我的意思吗?"他突然胆大起来。

这下轮到周丽脸微微地红了,心慌乱地直跳,为了掩盖自己,她抬起脸望着老槐树那巨大的绿色的树冠,忽然有了主意,说:"张翔,我问你,为什么现在老槐树不开花呢?"

张翔感到很好笑:"这谁不知道?还没到季节呗,现在是四月,要到五月它才开放,八月份差不多就谢了。"

周丽说:"是啊,还没到季节它是不肯开放的,因为它还没有积蓄起足够的养分,做好足够的准备,提前开放只会使它像昙花一样过早地凋零,是不是?"

张翔不吱声,默默地想了一会儿,然后说:"那我们……"

周丽清清亮亮的眼睛望着他:"等槐花全都凋谢的时候,我给你答案,好吗?"

张翔的眸子放出光来,说:"一定?"

周丽点点头:"一定!"

张翔走了,周丽又发了一会愣,难怪一向名列前茅的张翔近段时间连续几次模拟考试都不算理想,原来是……

时间一天天在绞尽脑汁的学习中度过,张翔恢复了往日的专心致志。不过他多了一个喜好,就是更爱到大槐树下读书,读着读着,就抬起头望望树冠,树冠依旧是一身青绿,周丽说得对,它绝不会违背诺言提前开放的。

槐花终于开了,星星点点的,然后就一天天地繁密着,一条条雪花一样白的花垂下来,照亮了整个校园,香气四溢,熏得张翔心都醉了。已是五月,离花谢的日子一天天近了。

高考日益临近,张翔心平如水,他依旧爱到大槐树下读书。洁白的槐花渐渐谢了、谢了,昔日满头满身的装饰不见了,这倒让一直祈求槐花早谢的张翔有点依恋、还有点伤感,毕竟最让人留恋的一段学生岁月就要再见了,尽管是那么的辛苦、那么的枯燥,但更多的是那么的悸动!

但让张翔奇怪的是大槐树上的花始终没有谢尽,张翔注意到枝叶繁茂中有一束雪白的花一直顽强地开放着,一任它的伙伴纷纷告辞飞扬而去,它像是周丽的眼睛望着他。周丽说过花全凋谢了才会给他答案,现在花还开着,他就不能渴求。

高考过去了,一晃就是八月。槐花谢完了吗?

八月的一个黄昏,周丽来到树下,抬起头,惊讶地看到那最后一束花不见了,不可能的啊? 正在疑惑,身后有人说话了。

说话的是张翔,他说:"周丽,感谢你的良苦用心!"

周丽掉过脸,看到张翔手中小心地拿着一束雪白雪白的花,那是一束槐花! 可是那花……不是真的,绿色的花萼是绿色的布、洁白的花瓣是白色的布、黑色的花枝是黑色的细电线,那正是在大槐树里张翔看到的那束永不凋谢的花! 难怪它永不凋谢!

周丽脸红了,说:"你知道了? 是的,它是我花了一个星期天的杰作,然后央求我哥哥放在树上的,你是怎么知道的?"

张翔望着手中的花,好半晌才说:"已是八月,我想花应该谢了,我就好向你要答案了,不想还有花开着,我爬上去一看,原来……"

张翔小心翼翼地把花放入口袋,像是放入一个弥足珍贵的纪念,周丽的脸再次红了,然后她看到张翔拿出一张纸,那是一所大学的录取通知书,周丽也从口袋里拿出一张录取通知书,两张洁白的纸放在一起就像一束美丽的槐花。

这是最美丽的八月、永不凋谢的八月!

共舞月光下

星期天晚上,读大一的刘海刚推开寝室门,几个寝友就发出一声欢呼:"老大,你可回来了,走走走,出去吃一顿去!"

刘海在哥几个中生日时辰最大,所以叫"老大"。此刻刘海一听说吃饭心跳顿时加快,他太饿了,当下学着小沈阳的腔调问道:"这是为什么呢?"

哥们一指老四,个个一脸的幸灾乐祸,说:"庆贺老四刚刚加入咱们的丢脸阵线同盟啊,一小时前,咱班花毫不含糊地拒绝了老四的邀请,把老四送的玫瑰像姚明投篮一样,准确无误地扔进了垃圾筒。"原来班花不仅生得如花似玉,而且业余时间爱跳国标舞,是校园里最有名的跳舞皇后,每位同学都以能和班花共舞一曲为荣。

哥几个在校园的小吃馆吃了一顿"大餐",回到寝室后开始聊天,忽听到一哥们说:"我说老大,我们哥几个都在班花面前碰了一鼻子灰,就剩你了,你为什么不试一试呢?"

刘海听了一脸苦笑,心说我要钱没钱、要长相一般般,要论跳舞,还不像大狗熊一样,凭什么试啊?还没开口却见老四斜着眼,一边打着饱嗝一边不屑地开口了:"老大不试这是他有先见之明,否则,只怕下场比我更惨……"

刘海一听这话脸"腾"的一下红了,这话太伤自尊了,当即不服气地说:"照你这么说,穷人就永远不能恋爱了?野百合就永远没有春天了?"

另几个哥们也觉得老四的话有点过火了,纷纷说:"老大,你不吃馒头争口气,我们支持你,明天就试一把!"

老四依旧一副不死不活阴阳怪气的样子,说:"老大,你敢吗?你有这个魄力吗?这样好了,我跟你打个赌,如果你成功,我输给你500块钱,你输了,老规矩,请咱们撮一顿,怎么样?"

老四是个公子哥儿,500块钱对他来说只怕不够一星期的零食钱。刘海一时血气上涌,一字一句地说:"一言为定!"

第二天一整天刘海一直在犯愁,大话是说出去了,可怎么行动啊?这时老六一脸神秘地凑过来,说:"老大,告诉你一个绝对震撼的绝密情报:班花特喜爱二胡。"

刘海一听浑身一震,老六又说:"先前吃饭时我有幸和班花邻桌,正好听到她老人家和旁人议论即将召开的'校园才艺大赛',你猜她是怎么说的?她说她最想听到二胡的演奏了,因为她爸爸爱拉二胡,从小耳濡目染,所以她特爱二胡、特崇拜拉二胡的人。老大,你有戏了!"

老六这么说是有原因的,因为刘海小时候曾下过苦工夫学拉二胡,好多年下来一直没有停止练习,现在已有相当的水准了。

现在刘海听到这个情报,眼睛不由得亮了起来。

校园才艺大赛开始了,前头照例是唱歌跳舞,哼哼叽叽东倒西歪,千篇一律毫无新意,大伙正昏昏欲睡,刘海上台了,坐下、调音、一点头、一运弓,《二泉映月》那如天籁一样的声音便在宁静的夜色里、在活力十足青春洋溢的校园里,如水一样流淌开了,每个人的呼吸顿时为之一窒。

只见刘海左手按弦如蜻蜓点水、如蝴蝶穿花,右手运弓如风,或疾或徐俯仰生姿,美妙的乐音里往事一幕幕涌来:爸爸在世时的快乐童年、与妈妈相依为命时的百般酸苦……这么想着情动于中发于双手,整个人便深深沉浸在《二泉映月》这绝世华章里了。

一曲既了余音袅袅,好半晌大伙才回过神来爆发出热烈的掌声,这年头热闹浮华的音响听多了,乍一听到这原汁原味的民族乐音,不亚于阵阵清风拂过燥热的心头。

比赛结束后刘海准备回寝室,此时夜色方好,正走着,忽听到身后有人轻声说:"刘海,能稍留一下脚步吗?"

刘海全身都僵硬了,慢慢回过身,班花正含羞带笑地看着自己,还有老四他们,老四那小子不停地挤眉弄眼。

刘海僵硬地伸出手,艰难地说:"我可以请你……跳支舞吗?"

如水的月光下,班花笑颜如花。

一回到寝室,老四就爽气地掏出500块钱递给刘海,说:"行,老大,我服了你了,野百合的春天到了,而且最美丽!愿赌服输,给你钱。"

刘海连忙推过去,说:"那是闹着玩玩的,我们是同学,同学之间哪能计较钱财呢?"

老四急了,说:"你一定得收着,我可不想一辈子欠你的情。"

这时其他几个哥们也劝刘海收下,刘海没法,只好收下,没有人知道因为家境困难,他此刻正面临着失学的紧要关头。

快乐的时光从来飞快,一晃毕业了,在刘海二胡拉出的如泣如诉的《送别》声里哥几个洒泪而别,只剩刘海和班花在一起。班花忽然一脸郑重其事地说:"刘海,我们永远不要忘了老四他们。"

女友又说:"实际上我并没有一个拉二胡的爸爸,我也根本对二胡一无所知,那是老四他们找到我,让我假意因为二胡之缘和你跳支舞,好输给你500块钱帮你渡过难关,你那时的情况他们都看在眼里急在心里。那钱是哥几个凑起来的,尽管有的同学条件也好不到哪里去,还一直不让我说,因为知道你不喜欢被别人的同情。现在毕业了,我可以说了,还有,想不到弄假成真,我真的喜欢上了二胡!"

刘海听了久久出神,一任伤感的风吹过脸庞,半晌才喃喃地说:"美丽的校园、纯真的感情、最亲爱的同学们啊……"

梦想从来不曾折翼

汪老师一大早走进教室就觉得气氛有点怪怪的,抬目四下扫瞄一遍,却又找不出异样来,嗨,这些青春期的孩子一个个鬼精灵似的,有时真捉摸不透。

这时一个叫何明珠的女同学站起身说:"老师,我又收到了一笔50元的汇款,还有这个。"说着递过来一张明信片。

何明珠上学期得了一场大病,她的家境很穷,要不是全校师生踊跃捐款,还真付不起医药费。在她病好重新回到校园后却常常收到一个人的汇款,还总是捎带寄来明信片,上面工工整整地写着鼓励的话。钱虽不多、鼓励的话更是寥寥几句,却使何明珠备感温暖。

现在汪老师手中的明信片依旧只写了一句话:"坎坷只能使你我变得更坚强!"这些字一如既往地用了仿宋体,看得出捐款人故意隐藏了笔迹。

汪老师点点头,说:"同学们,让我们都怀着一颗感恩之心去对待他人、对待社会。好了,现在上课。"转身"刷刷刷"在黑板上出了一道几何题,问道,"哪位同学能证明得出来?"

这是道颇有点难度的题目,同学们立即紧张地思考起来,可是几分钟过去了,没有人举手。汪老师心里有点诧异,别人不会,刘思思应该会的啊,她一向思维敏捷学习勤奋,是全校数一数二的尖子生,现在她怎么不举手?心里这么想着嘴里便叫道:"刘思思,你会吗?"

没有人回答,汪老师便把目光投向刘思思的座位,一边说:"刘思思,你怎么不回答……"

他的话忽然顿住了,后排一角刘思思的座位是空的。

回到办公室后汪老师依旧想着刘思思,心情郁闷极了。刘思思是名打工子弟,本来铁打的学校流水的学生,何况是极不稳定的打工子弟,可刘思思这样优秀的学生真的是可遇不可求啊,现在她为什么不上学呢?

就在这时身后的一位老师忽然惊讶地叫了起来:"天哪,这些学生还像是学生吗?"

汪老师掉头一看,原来身后的那位老师在上网,也不知道他看到了什么,等过去一看之后汪老师发出了一声更大的惊呼!惊呼声惊动了所有老师,大伙纷纷拥过来一看,个个愣住了。

原来那老师正在看一段视频,题目叫《布鞋妹妹》,画面不太清楚,像是手机拍的:几个女生把一个瘦弱的女生堵在墙角处,其中一个女生尖叫道:"我的手机肯定是你偷的,快交出来!"那个瘦弱的女生胆怯地低声说:"我没有偷……"她的话被更多的声音打断了,几个女生一起大叫起来:"就是你偷的,你买不起手机就偷别人的,还不承认!"然后不知谁喊了声:"拿水浇她,看她以后在老师面前出不出风头了!"女生们的情绪一下子被点燃了,个个一拥而上,把手中的矿泉水一股脑浇到那瘦弱女生的头上、脖子里,瘦弱的女生无助地躲闪着,而此刻已是寒冷的深秋……

汪老师失声惊呼的原因是,尽管视频不太清楚,并且晃动得厉害,可他一眼看到被水浇的女生脚上穿了一双与众不同的布鞋,她不正是刘思思吗?全校就她一人穿着一双过时土气的布鞋。

在课堂上,汪老师把手中的课本用力摔在讲台上,因为震怒,他的眼都有点红了,同学们想不到一向儒雅的汪老师发起火来竟是如此雷霆万钧,一时鸦雀无声,只听得汪老师字字千钧地说道:"你们为什么欺侮刘思思?你们说人家偷了手机,有证据吗?就因为人家来自农村?就因为你们穿跑鞋,人家穿了一双布鞋?还是因为人家成绩太好,你们嫉妒了?"

那几个女生不敢跟汪老师对视,悄悄低下了头,汪老师又说:"现在你们几个跟我去刘思思的家,当面跟她道歉,否则,你们的心灵会永远不安的!"

刘思思的档案上留有她家租住地方的地址,在汪老师的带领下,大伙转了好几趟车才摸到,那是在城乡接合部,一个十分杂乱肮脏的地方。汪老师感慨地说:"刘思思就是在这样的环境下学习的……"他说不下去了。

在两间低矮破烂的出租房门口,汪老师他们见到了刘思思的爸爸,一个满脸瘦惫、浑身灰尘的汉子,刚刚拖了一辆三轮车废旧东西回来。

汪老师表明身份后问道:"刘思思同学呢?"

刘思思爸爸摇摇头,说:"她不肯回学校了,我劝她、骂她、打她,她都不肯,现在她回老家上了,老师,我们惹不起,还躲不起吗?"

汪老师和几名同学一时无语,个个心头像压了一块沉甸甸的石头,就在这时同来的何明珠忽然尖叫起来:"汪老师,看,这是什么?"

那是一张明信片,上面写着"何明珠同学收",旁边还用仿宋体写着一行字:梦想从来不曾折翼,即使在暴风雨中!

刘思思爸爸开腔了:"这是我闺女让我寄的,我还没来得及寄哩。上学期吧,思思说一个同学得了大病,全校捐款时她只捐了很少的一点钱,心里总感到过意不去,所以在每个星期天她都抽出空来跟我收废旧,等凑齐一点钱了就寄给人家,也算是尽了一点心意……"

汪老师强行抑制着起伏的心情,说:"你们说,这样的学生会偷手机吗?"

话音未落何明珠"哇"的一声哭了起来,接着又有个女同学哭了,一边哭一边说:"老师,手机找到了,是我落在家里了……"

汪老师一字一句地读着明信片上面的字:"梦想从来不曾折翼,即使在暴风雨中!刘思思,你既如此坚强,又为何轻易放弃?回来吧,我和同学们都等着你,让梦想重新展开翅膀、自在翱翔吧!"

明亮的灯光

韩雪娟最近沉陷进甜蜜的忧愁之中：罗锦向她求婚，她不知道该不该答应。说实话她是深深地爱着罗锦的，可从恋爱到婚姻这一步如此之重大，还是使她一时拿不定主意。这天晚上左右无事，雪娟决定去找罗锦聊聊，顺便做最后的观察。

罗锦住在二楼，雪娟进门后在罗锦倒茶的当儿发现后阳台的灯亮着，此时阳台上空无一人，没有人亮灯干什么？而且，一段时间没来，雪娟发现阳台上的灯比起以往亮了许多。

雪娟一边起身往阳台走去，一边嗔怪道："你这个粗心大意的家伙，灯都不记得关。"

雪娟伸手正要关灯，忽听到罗锦急促地低叫了一声："不要关！"雪娟忙住了手，正要开口问为什么，却见罗锦把手指竖在嘴边"嘘"了一声，然后一脸神秘地往楼下指了指。

雪娟惊讶地往下看去，只见楼下摆着一个热气腾腾的馄饨摊子，几个食客津津有味地品尝着馄饨，一个女人正手脚勤快地忙碌着，她的身旁还有一个虎头虎脑的小男孩，此时正趴在小桌子上写作业，一笔一画地十分认真。

罗锦轻轻地说："这对母子最近在楼下做起了晚市生意，她是带着应急灯的，可是不算亮，我怕时间一长小男孩写作业看坏了眼睛，所以换了一盏大功率的灯泡，可就是这样我还是担心小男孩费眼。"

雪娟说："那你干脆拉一盏灯到下面，那样一来这对母子做生意写作业不是更明亮了吗?"

罗锦摇摇头:"这样不好,太明显了人家会不安的。"

雪娟心里一热,说:"看不出你这家伙……我饿了,舍不舍得请我吃一碗馄饨?"

罗锦轻笑起来:"我更想请你吃一辈子馄饨。"

两人到了楼下,片刻工夫,两碗香气四溢的馄饨便端了上来,看得出女人很用心,馄饨味美料足,两人吃得畅快极了。这期间雪娟看到小男孩贴着他妈妈的耳朵悄悄说了什么,那年轻妈妈含笑连连点头,还疼爱地摸了摸儿子的脸蛋。

吃完后罗锦掏出钱来,却被小男孩的母亲笑着拒绝了,她说:"我儿子认出你了,他说你的心真好,让我不要收你的钱。"

雪娟和罗锦一听心里滚烫滚烫的,这时小男孩跑过来,有点羞涩地塞给罗锦一张小字条,然后转身跑远了。

两人惊讶地打开小字条一看,只见上面工工整整地写着一行字:谢谢哥哥的灯光。当两人上楼时脚步轻快极了,不知不觉中雪娟含羞牵住了罗锦的手,她再也不想松开了。

母亲的遗产

我小时候印象最深的事是母亲总爱帮助别人,无论是上门乞讨的要饭花子,还是口干肚饿的过路行人,母亲总是笑吟吟地端上一碗饭、倒上一杯茶。至于邻居家边的乡亲们遇到大大小小的难事时，只要是家里有的，母亲更是毫不吝啬。

大家都说母亲是菩萨心肠，好心会有好报的，可我不以为然，我不在乎家里柴米油盐被母亲送了人，可我在乎母亲把我心爱的物件也送了人。放学回来，常常发现我的木头枪、香烟壳、玻璃球找不见了，问母亲，母亲总是淡淡地说："有个小孩赖着要你的木头枪，我就送给他了。"

可是，有一天我发现我的小竹笛也不见了。那是一只紫红色的相当漂亮的短竹笛，是出差到上海的叔叔送给我的十岁生日礼物。在当时的农村，那可是件绝对稀罕的洋玩意。尽管我不会吹出一首完整的曲子，但它就像是魔笛一样，只要一吹起来，我身后就会屁颠屁颠地跟上一群小伙伴，而只有跟我玩得最好的小伙伴，我才会慷慨地让他吹一下。现在笛子呢？

我惊慌失措地问母亲，母亲说："刚才有对母女路过咱家，她们可饿坏了，到咱家歇歇脚吃碗饭时，那小女孩看上了你的竹笛，不肯走了，哭得一把眼泪一把鼻涕的，我便送了她，对了，那小女孩真好看，一双眼睛水汪汪的……"

我"哇"的一声大哭起来，掉头往外就奔，我要追回我童年时最珍贵的礼物，可是，那对母女俩早就没了影子。后来一连好几天我都不理母亲，母亲却依旧乐此不疲地帮助人。

长大成人后我的婚姻大事备受折磨，我怎么也确定不下心仪的另一半，其中原因之一是我的贫穷，母亲没有给我留下一丁点值钱的遗产。直到后来遇上了静，静正是我心目中的那种女人，娴静、温柔、无语而多情，并且她不在乎我是否多金。可是，曾经的感情创伤使我摇摆不定，我终于决定带她回趟乡下老家，尽管母亲已不在了，可旧宅还在，那儿是我的根，每当回到那儿我都有一种安全感，我相信母亲的在天之灵会给我启示的。

家乡的变化很大，好几年没回来的我都有点认不出了，而静的脸上显出一副惊奇的、若有所思的样子。当我带她进了那座风雨几十年的旧宅时，她忍不住低低惊叫一声："天哪，这是你的老家吗？我真有种前世的感觉哩，真的，我好像来过这儿，可我记不清是在梦里，还是在现实中来过了。"

我听了一时感动莫名,觉得两人无形中又亲近了一层,或许这就叫缘分吧?

然后静再次惊叫起来,这回声音大极了,原来她看见了墙上母亲的遗照,我甚至发现静的身体都在轻微颤抖。

静的口中连声说道:"这是真的吗?这是真的吗?天哪,我不是又在做梦了吧?"

然后静掉过头来,用肯定的语气说:"我千真万确来过你家,你母亲的样子我一直记着,因为在我心目中,她是这世上最慈祥的老人,并且,她还送过我一件宝贝,多少年来我一直珍藏着哩。"静说着从随身挎着的小包里仔细掏出一样东西。

那是一只竹笛,紫红色的、短短的竹笛。

十几年的漫漫时光刹那间呼啸而过……

我牵着静的手站在母亲的遗像前泣不成声,原来母亲给我留下了一份最珍贵的、将使我丰润一生的遗产。

第 五 辑

奇 迹 的 诞 生

为母亲洗头 / 行为怪异者 / 永恒的思念 /
爱心附加 / 花一样的笑脸 / 奇迹的诞生 / 谁助我奔跑

为母亲洗头

红灯在外地跟人学会了一手煨老鸭汤的手艺,他自信这手艺在本地小城可以独占鳌头,几番鼓劲之后终于开了间店,本钱基本是七凑八凑借来的,为了节省开支,他还把妈和老婆从农村老家都叫了来,给他打下手。

谁知人算不如天算,小店的生意从开张那天起就没红火过,每天至多十来个客人光临一下,挣的钱连门租都不够。红灯一家给自己打气说:冷水是焐热的,招牌是熬响的,时间长了生意会慢慢好起来的,坚持,就是胜利。

一晃几个月下来了,眼看就要到年底,那生意却还是半死不活的,一点热闹的迹象也没有,红灯提心吊胆地一盘点,竟然亏了上万块。懊恼之余仔细再一想,终于明白客流量不大的原因了,不是他手艺差,实在是门面不好,太偏僻了,酒好也怕巷子深啊,只怪当初选址时有点急躁,没考虑成熟。想通了这层红灯长叹一声,唉,这生意没法做了,何况陈年底、新开年都是彻头彻脑的淡季,继续开下去,亏欠肯定是越来越大,唯有转让门面一条路了。

这天阳光格外的明亮,像三月小阳春一样,老婆已苦着脸先回乡下了,妈埋头收拾着可以带走的杂物东西,红灯一个人无精打采地发着愣,一边盘算着转让店面的事宜,心内满是苦涩,开店发财的梦,终于破了。

看着妈躬着腰一刻不停地忙里忙外,红灯心一酸,自己无能,连这么大年纪的妈也跟着受累。眼见得妈的头发乱糟糟的,红灯说:"妈,你歇下手,把头洗一下。"

妈听了疲惫地摇摇头，说："我还要收拾东西哩，不洗了。"

红灯坚持说："还是洗一下吧，马上就要回老家了，虽说亏了钱，咱也得收拾利索点是不是？乡亲们可看着哩。"

妈听了一愣，迟疑着说："这倒是个理，可是，我穿了这么厚的棉袄，胳膊转不过弯来，不好洗啊，弄不好还会湿了袖子，算了吧。"

是的，妈妈穿了老厚的棉袄，确实不方便。红灯站起身来，不容置疑地说："妈，我帮你洗。"

说话间红灯已手脚麻利地打好一盆热水，又加了冷水，伸手试试水温，然后拿过洗发水来，妈还要推辞，红灯佯装生气地说："妈，你看你，跟你儿子客气什么嘛。"

此时金子般的阳光大把大把地倾泻在店面门口，一丝冷风也没有，温暖从心底深处直泛上来。红灯仔仔细细地给妈洗着头，心里想：这可是生平第一次给妈洗头哩，想想小时候妈妈又为自己洗了多少次头，还记得有时候犯倔不肯洗，结果妈火了，给自己的小屁股结结实实的就是两巴掌……

妈的声音打断了红灯的回忆："红灯，给妈左边头皮使劲挠两下，对对对，就是这儿，唉哟，右边又痒了……"

红灯忙使劲挠，又说："妈，你头上有好多白发了……我没用啊！"红灯的心又酸了。

妈却无声一笑，说："傻儿子，妈多大年纪了，现在不长白头发，什么时候长？红灯，妈不在乎你挣多少钱，真的，你不要成天愁眉苦脸的，妈看了心内难过，再说了，人这一辈子哪能没有磕磕绊绊的啊……"

红灯和妈正一边洗一边唠着，身后突然有人开口了："请问你们是娘儿俩吧？"

红灯一边手上不停，一边转过头说："那当然了……"

红灯停住了，他看到那问话的人手里拿着一只话筒正对着自己，还有一台摄像机也对着自己，旁边还有好多人默默地围观着，个个眼神怪怪的。红灯的脸一下子红了。

原来要过年了，为了弘扬传统文化，电视台精心策划了一个节目，叫"孝心一瞬"，派记者们大街小巷城里乡下捕捉感人肺腑的孝心一幕，要求必须是随机实拍。

红灯的老鸭汤店没有转出去，因为那偷拍的节目一经播放后，生意突然红火了起来，原本苦着脸的老婆从乡下老家也赶回来了，整天忙得像风车一样团团转，那脸上满是笑。店内还在醒目位置挂上了一幅大照片，是那记者拍的，照片上红灯正给妈妈洗头，娘儿俩一脸的笑，一脸的阳光。

大伙这才发现红灯熬的老鸭汤真的好喝极了，于是纷纷带着上了年纪的父母来，父母已不在人世的，就带了孩子来。人们在品尝着热气腾腾的醇厚浓香的老鸭汤时，更品味着最浓最美的亲情。

行为怪异者

留留是个让所有老师都头疼的孩子，因为他总爱从教学楼上往下扔东西，逮住什么扔什么。要是光扔纸片、饮料瓶之类的倒还罢了，问题是他还扔不知从哪拾来的瓦片、石子，这要是砸着人还得了？更有甚者，他还扔过蛇，吓得其他孩子哇哇直叫。总而言之，这是个行为怪异的孩子，老师怎么劝导也不管用。

老师便找他家长，一找之下才发现留留的爸妈在他幼小时就离婚了，那时爸妈三天一吵五天一闹，后来终于分了手，现在爸爸在外面打工，听说是个瓦匠，留留跟奶奶生活。老师这才明白留留行为怪异的原因。

谁知不久一个噩耗传来：留留的爸爸跳楼自杀了！原因是他爸爸讨不到工资，便学别人爬上高楼，留留爸正是那高楼的建造者之一。爸爸说见不到工资就跳下来，后来就真的跳下来了。有人说，本来留留爸只是想上演一出跳楼秀，并不想真的自杀的，可楼下观望的人不耐烦了，他们等待高潮太久了，个个便扯着喉咙直叫："乡巴佬，你倒是跳啊，噢，原来你是装的啊，你怕死啊，切，瞎耽误大爷的时间了！"留留爸万想不到观众是这个态度，头脑一热，一咬牙，跳了下去。

不管怎么说，反正留留再见到爸爸时，爸爸已不声不响地躺在一个小小的盒子内了。

老师更加担心起来，怕留留的孤僻越发严重了。可是老师错了，所有人全错了，留留从此再也不往楼下扔东西，他的坏习惯莫明其妙地消失了。或许是因为扔东西使他想起了爸爸，所以不再扔了。

老师正高兴，谁知又有新的学生往楼下扔起东西来。

沈官是个白白胖胖的学生，本来除了学习成绩差点、脾气大点，一切都挺正常。谁知有一天他的爸爸像留留爸一样，跳楼自杀了，这在本地引起了一场不大不小的地震，因为沈官的爸爸是本镇的镇长。

关于他爸爸自杀的原因也有两种说法，一说是因为一个漂亮女人的原因，不知怎的，他和那漂亮女人在一块时的照片、视频上了网。他一向是个十分要脸的正经严肃的人，这回脸丢尽了，前途也终结了，便跳了楼。还有一个说法，说是因为查出他收的钱太多了，他没法捂、没法交代了，便跳了楼。

据说沈官爸死时身下汪了一大摊鲜红鲜红的血，一颗硕大的头颅就像被砸碎了的西瓜。

然后，沈官的行为就像昔日的留留一样，经常往楼下默不作声地扔东西，不过他只扔一样东西：西瓜。

老师头疼极了：这是怎么了？现在行为怪异者，包括孩子，怎么层出不穷啊？

永恒的思念

才上小学的女儿娇娇人如其名十分娇气,吃饭尤其挑食,筷子拿在手上扒拉半天也不见她吃下一粒米饭,人瘦得像根豆芽菜似的,动不动就感冒发热,请假去医院成了家常便饭,以至于老师不停地反馈来信息:娇娇身体素质太差,爱使小性子,花钱大手大脚……

为此梁光两口子伤透了脑筋,软硬兼施威逼利诱,各种方法都用尽了,娇娇却丝毫不为所动,思来想去梁光突然灵光一闪:何不来个吃苦教育?

正逢这天娇娇又感冒休学,梁光和妻子便带着娇娇,驱车数百公里来到一座大山里的乡村小学。不出所料,眼前的一切立时使娇娇瞪大了眼睛:低矮破败的教室,尘土飞扬的操场,古董似的课桌,孩子们破旧的衣衫……梁光和妻子不失时机地循循善诱,听得娇娇眼泪在眼圈里直打转,不住用力点头。

一回到家娇娇就把自己关在房间里鼓捣起来,也不知她干什么,梁光和妻子正要询问,娇娇手里拿着一幅画走了出来。

娇娇一脸的郑重,像个小大人似的,说:"小朋友们太可怜了,我长大后一定要送给他们一座大楼房!"说着递过手里的画。

梁光和妻子接过来一看,只见娇娇用稚嫩的笔触画了一座教学楼,楼太高了,以至于都够着天上的云朵了,楼房前面是碧绿碧绿的操场,小朋友们个个身着崭新漂亮的衣服奔跑着、欢笑着……

娇娇又说:"爸、妈,我以后再也不娇气了,花钱再不大手大脚的了,我要省下钱来捐给小朋友们。"

梁光和妻子一把把娇娇抱在怀里,娇娇是个多么善良可爱的孩子啊!

娇娇果然说到做到,从此后吃饭大口大口的,还主动洗自己的手帕袜子,上体育课时尽管浑身大汗小脸憋得通红,可一声也不叫苦,而且,她真的开始往小猪罐里正儿八经地储蓄了。

梁光两口子把娇娇的点点滴滴变化全看在眼里,心里像喝了蜜似的甜,谁知就在这时天塌了:这天娇娇主动要为家里买盐,当她过马路时,一辆酒后驾驶的汽车狠狠撞上了小天使!

梁光两口子大病一场后检点女儿的旧物,那幅画作自然而然成了他们的至爱之物,因为画面上凝聚着女儿的爱心、气息和心愿,看到画就想起了女儿可爱的脸蛋和认真的模样。他们含泪发誓:一定要把这幅画永远保存好。

可是这天意外发生了,当两人再次睹物思人时,妻子的眼泪涌得太猛,一下子滴到了画上,妻子大惊,慌忙用手擦,谁知一擦之下花了一大块。

妻子顿时伤心欲绝,哭叫说:"我毁了娇娇的画、我毁了娇娇的画……"

梁光忙安慰道:"没有事的,要不这样好了,我们把画塑封起来,这样就不怕了。"

画塑封好后果然不怕泪眼不怕水了,可是这天更大的意外发生了:当时梁光正在窗户边的书桌上眼泪婆娑地看画,手机响了,当梁光接电话时一回头,一阵大风吹来,画竟飘了出去。

梁光两口子大惊,忙狂奔下楼,可是一到楼底两人全惊呆了:不知从哪跑来两只小狗,此刻正互相撕扯着画!

当两口子从狗嘴中拼命夺下画时,画已面目全非。

妻子一下子崩溃了,哭叫道:"画没了,娇娇留给我们最后的想头没有了,娇娇也没了……"

梁光痴痴看着手中的残画心如刀绞,说:"娇娇,爸对不起你!"

时间一天天过去了,梁光妻子每每睹残画伤情,精神头越来越差,梁光却忙得看不见个人影,直到这天一脸兴奋地说:"走,我带你看一样东西去!"

梁光发动了车子,然后妻子惊讶地发现车子行进的路线似曾相识,想起来了:这不是当初带娇娇接受吃苦教育时来过的那座小山村吗?来这儿干什么?徒惹伤心而已。

下车后的第一眼她惊呆了:眼前已完全不是旧模样了,不知何时一座宽敞明亮的教学楼拔地而起,楼前草坪碧绿,小朋友们在尽情奔跑、欢笑!一切跟娇娇的画中情形一模一样。

身为公司老板的梁光对妻子深情地说:"是我建的这所小学,对不起,我事先没有跟你商量,是因为想给你个惊喜。我们曾以为永远珍藏好娇娇的画,就是对她永恒的思念,事实证明我们错了。画毕竟是画,不仅难以保存,而且没有意义,因为永远也不能使娇娇的心愿达成。现在,我想天堂内的娇娇一定会开心的,因为我们把她的画变成了现实——这才是对她永不磨灭的思念!"

两人依偎着抬起头,遥不可及的天堂深处真的传来了娇娇银铃似的笑声。

爱心附加

林爱芳早就念叨要到山里的大王沟去一趟了,她可不是去旅游,而是看望她随机认下的帮扶对子,一个贫穷但成绩优异的学生夏小雨。夏小雨,多好听的名字,透过这名字似乎能想象得出山里孩子特有的灵气和调皮劲,难怪每次他总是寄来喜报:这次考试又考了96分,在班上的排名又往前了,等等,喜得林爱芳一次又一次地寄钱、寄文具。

这个双休日林爱芳终于有时间去了,同行的还有几位和她一样的爱心捐助者。大伙买了好多学习资料、文具、奶粉饼干什么的,一路上心情舒畅说说笑笑,一边欣赏着窗外的风景一边谈论着各自帮扶对子的情况,一交流大家才发现每个穷孩子的成绩都很好,这让大家既欣慰又感慨不已,说苦水里泡大的孩子真是又聪明又懂事。

窗外的景色越来越荒凉,满眼是低矮破败的房子,路也越发颠簸起来,大伙渐渐失去了刚才谈笑风生的兴致,内心些微地震撼起来。这时车子停了,原来路已没有了,好在离林爱芳她们要去的大王沟已没有多远,大伙便下车步行而去。

走着走着发现前面岔路横生,可不能迷路了,抬眼四下一看,正好看到旁边一个长满青草的小山包上有一头牛正悠闲地吃着草,有牛就有人。

大伙爬上小山包一看,放牛的是两个黑黑瘦瘦的孩子,此刻正埋头在两块大石头上一笔一画地写着作业。

林爱芳心里一阵激动,山里的孩子就是在这样的条件下学习的!她稳稳心神,上前微笑着说:"请问去大王沟怎么走啊……"

林爱芳突然住口不说了,眼睛瞪得大大的,她看到其中一个孩子正订正着一张数学试卷,那试卷上赫然写着:大王沟小学五(二)班,夏小雨,而分数更是鲜红刺眼——54分!

这时那孩子,也就是夏小雨闻声抬起头来,却无半分想象中的灵气,相反,倒现出一副呆滞木然的样子。

一种受欺骗、受耍弄的感觉使得林爱芳火气一下子就冲上来了,她咬着牙冷冷地说:"夏小雨,你你你……行啊,只考了这么点分数竟还有脸跟我报喜,我就是资助你的林阿姨!想不到吧?"

再看夏小雨的脸色一下子变得煞白,全身簌簌地抖着却说不出一句话来,瘦小的身材看上去都缩成一团了,可这样子使得林爱芳更为生气,觉得他在伪装。同行的大伙也都明白了是怎么一回事,顿时个个换了一副鄙夷的眼光,小声嘀咕道:"哼,想不到山里孩子也会骗人,骗技还这样高超!这样说来我们倒是太天真了,他们拿了我们的钱还不知花到哪里去了呢?"

听大伙这么一说林爱芳更是生气,还要发火,这时另一个男孩眼睛里全是胆怯地开口了:"阿姨您别生气,小雨他不是存心要骗你的……"

林爱芳怒气冲冲地打断他说:"还没存心骗我?那他为什么要报假喜?还有,每次我寄的钱和学习资料他都用哪去了?"

夏小雨抖得更厉害了,像寒风中的小树叶一样,头低得快要垂到胸前了,还是那个小孩又说话了:"小雨报假喜只是为了逗你高兴,因为你每次写信给他总要说这样的话:阿姨不要你将来回报,只要你成绩好就心满意足了……你寄来的钱和文具他都给了我和别的同学了,他说我们成绩好阿姨同样会高兴的,他自己没有花掉一分钱!阿姨,你别怪小雨,为了让你高兴,他天天在学,一分钟也不敢玩,可他实在学不好啊,因为他小时候得过脑膜炎!"

这时夏小雨终于也开口了,似乎还有点口齿不清,畏畏缩缩小声地说:"阿姨,我骗了你……我再也不要你寄钱寄文具了,以后你就帮助成绩好的同学吧……"

林爱芳觉得心被重重撞击了一下,呼吸都有点困难了,一时间大伙也都鸦雀无声。

沉默了半晌后她忽然苦笑了一下,又像是对大伙说,又像是自言自语:"回头想想我们这些人真是可笑得很,我们是谁啊?是救世主吗?不就是捐了一点钱吗?凭什么要求人家这样那样的啊?附加了这么些条件的爱心还是爱心吗?"

她蹲下身,爱抚着夏小雨凌乱的头发,又拍拍小雨那看上去羞愧得几乎无地自容的黑瘦脸庞,说:"孩子,别这样,阿姨错怪你了,该羞愧的是我,今天真是不虚此行啊!看,阿姨给你带来了什么?这么多好吃的,还有学习资料和文具,不过你要是不喜欢这些资料的话就尽管送给你的同学好了,你高兴了阿姨才高兴!"

花一样的笑脸

除夕之夜雪花飞扬,零星的鞭炮声里处处洋溢着喜庆的气氛,正是万家团圆的时候,周东城克服重重困难终于回来了。在外面一年多了,他想念家人、朋友,最想念女儿豆豆,豆豆那花一样的笑脸每个夜里都会挤进梦里,今晚要是再见不到豆豆,他只怕自己真的疯了。

浓黑的夜色里已是人迹稀少,东城顶着刺骨的寒风,还是久久站在一棵大树后打量着面前的一幢大楼,此刻家家户户灯光雪亮温暖如春,自家的窗户透出的光却是那么的昏暗、凄清。妻子即使在除夕也还在加班吗?为了多挣点钱她总是不顾劳累要求上夜班,这么说只有豆豆一个人在家,此刻小小的人儿是一个人在孤零零地看春节联欢晚会,还是托着腮向远方眺望?东城的鼻子忽然有点发酸。

夜更深了,雪更大了,一个人也没有了,东城忽然从树后闪出身,大步走了过去,他实在迫不及待地要抱抱豆豆、亲亲豆豆,一刹那这种无比强烈的渴望使得他忘了一切。

刚刚靠近楼道入口处,黑暗中忽然出现两个人……

门被敲开了,在时空停滞有两三秒后豆豆大叫一声:"爸爸!"就一头扑到东城的怀里,搂住东城的脖子死死不放,口里说:"爸爸,我不是又在做梦吧?"

东城闭着眼睛全力抱着豆豆那小小的柔软的身体、嗅着豆豆那久违了的好闻得不能再好闻的发香,喃喃地说:"豆豆,这不是梦,爸爸想你了、想豆豆了……"

不知过了多久,豆豆忽然说:"爸爸,这两位叔叔是您的朋友吗?叔叔,快进屋吧,外面冷。"

东城一下子从甜梦中惊醒,他竟忘了身后还有两个人。这时其中一个人笑吟吟地开口了:"豆豆,你说对了,我们是你爸的朋友,在外面的时候我们常听你爸夸你,现在一看,咱们的豆豆长得真漂亮!不过豆豆,工作很忙,我们这就要走了。"

豆豆一听脸上的笑容顿时凝固了,可怜巴巴地对东城说:"爸,你真的要走了吗?你不等妈妈回来吗?爸你不知道,妈妈可想你了,经常一个人躲起来哭,哭得眼睛都肿了,妈妈还以为我不知道她哭哩,我只是假装没看见,因为我说了妈妈会更伤心的。"

东城竭力摇头不让豆豆说下去,再说下去他怕自己就要失态了,然后强堆笑脸说:"爸爸不是不等妈妈,而是真的很忙,过段时间我再回来好不好?回来以后我就再也不离开你们了。对了豆豆,你在家里可要听妈妈的话哟!"

豆豆用劲点点头,然后眨巴着眼睛说出东城最担心的话来:"那么爸爸,这一年多你不回来到底在干什么啊?现在又到哪里去呢?"

东城还没开口,豆豆忽然拍着手开心地笑了,笑得像花一样,豆豆说:"我知道了,爸爸一定是在干一项重大的工作,就像电视上那些航天英雄一样,要对家里人保密是不是?爸爸,你是一个伟大的爸爸!爸爸再见!"

当三人下楼时,身后再次响起了豆豆欢快的声音:"爸爸、叔叔,我忘了一件事,那就是——新年快乐!"话音刚落,远远近近的鞭炮声突然响成一片,原来新的一年来到了!

其中一个人叹道:"你有一个多么单纯可爱的女儿,她就像天使一样洁白无邪,周东城,你对得起孩子吗?"

原来周东城并不是什么伟大的人,一年前因为欲望,他收了人家好多钱。三个人脚步分外沉重地走着,东城忽然想起什么,说:"让我再回家拿两件换洗衣服好不好？新的一年到了,让我洗次澡吧,也算是跟过去做个告别。"

于是三人重又上楼,当走到门口时忽然听到屋内豆豆正说着什么,像是在通电话:"妈妈,爸爸刚才回来过了,可是……爸爸被两个警察叔叔抓去了……爸爸还以为我不知道哩,我也假装不知道,我还说爸爸是个伟大的人,我想让他高兴……妈妈,你不要哭,你看,我就不哭!"

豆豆放下了电话,然后,屋外的三个人听到豆豆放声大哭起来……

原来这小小的人儿花一样的笑脸下竟有这么多苦极了的心眼!

周东城再也忍不住,抱头号啕大哭,说:"我真悔啊……"

奇迹的诞生

除夕之夜,雪花飞扬,喜洋洋的气氛就像漫天的白雪一样浓浓地浸染在村子里。

十岁的林海却双手托着腮坐在小凳子上一脸的不开心,因为年后他要到医院开刀取脑子里的血块,为了凑够钱爸妈把家里的电视机卖了、大黄牛卖了,现在他没有春节晚会看,也不能和大黄牛一同撒欢了。

这时门开了,伴随着一阵寒气爸爸顶着一身大雪回来了,一见林海不高兴的样子爸爸就一脸神秘地大声说:"海子,看,爸爸给你买了什么?"

海子抬头一看,哇,只见爸爸手里变魔术似的托着一只黑白分明的足球,那是一只崭新的真正的足球,海子天天在梦里都踢球哩!海子顿时兴奋得从凳子上一蹦而起。

望着海子抱着足球欢呼雀跃的样子爸爸妈妈悄悄对了一下眼神,然后一阵酸楚不由得泛了上来。妈妈擦去眼角流出的一点泪水,忽然想起了什么,叹口气说:"海子爸你还不知道,刚才不多一会前吴大牛媳妇的哮喘病又犯了,眼下吴大牛已带他媳妇去医院治去了,家里只剩下小山一个孩子,我已端了一碗饺子给他吃过了。只是可怜的孩子甭说新衣服,就连新玩具也没有一个。"

爸爸听了也叹口气,忽见海子低下头看着怀中的足球似乎在想着什么,然后抬起头眨巴着眼睛,用力地说:"爸,我要把足球送给小山!"

爸爸一听吃了一惊,要知道这只足球花了他十多块,刚才买时可下了好一阵决心哩,现在海子竟要送人?他正要伸手拉海子,却被海子妈拦住了,海子妈对他轻轻摇了摇头。

只见海子最后一次万分珍惜地抚摸了足球一把,又用足球光滑的皮在脸上蹭了蹭,然后拉开门,一开门刺骨的寒风夹着雪花"鸣"的一声就撞了进来,可海子毫不畏惧地一头扎进了风雪中。

小山家就在隔壁。海子飞快地跑到他家门口,轻轻放下足球,抬起手重重地敲了两下门,然后转身就跑。海子不想让小山看见他,他要给小山一个巨大的惊喜。

铺了雪的地上很滑,可海子跑得飞快,把这一切看在眼里的爸爸妈妈正要开口叫海子跑得慢些,却已来不及了,海子突然脚底下一滑,整个人仰面就倒,他的后脑重重地磕在一棵树干上,冬天的树干硬似钢铁!

在医院里,爸爸、妈妈,还有吴小山的爸爸,三个大人浑身像抖筛子一样抖个不停,想要互相安慰,却连一句完整的话都说不出来。好长时间过去了,医生终于出来了,医生面带惊讶,更多的是喜色。

医生说:"真是奇了怪了,这孩子一个跟头竟把脑子里的血块跌没了,刀竟用不着开了!"

三个大人一愣之后一下子紧紧地搂在了一块,满脸盛放的笑纹里全是肆意流淌的泪水。

这故事传开后好多人认为是神话、是假的,可更多的人坚决认为是真的,谁说是假的他们就跟谁急,因为大伙都笃信一句老话,叫"好心必有好报"。

在善良面前什么奇迹不可能发生呢?

谁助我奔跑

这天学校广播播出一条消息:为了调剂同学们的身心,做到劳逸结合张弛有度,从而取得更好的高考冲刺效果,学校决定近日内举办一次高三学生长跑运动会。为了激发同学们参与的热情,学校决定只要是报名并坚持锻炼的同学,学校将为他们专开营养小灶,同时,获得名次的将给予重奖:第一名,现金300元;第二名,现金200元……高三(6)班的吴亮一听就兴奋起来,这真是刚想瞌睡就有人送上枕头啊!他当即就报了名。

学校果然说话算数,为吴亮他们开的营养小灶确实有营养,有鱼有肉,还有牛奶,吴亮他们快乐地吃喝着,几天一过原来苍白的脸色就慢慢红润起来。

可光吃这营养小灶还不是吴亮的最终目的,他瞄准了让人垂涎的重奖,有了那么多现金就能够买来许多学习资料,还可以很长时间不再为生活费发愁了,这么一想他就起早贪黑地锻炼起来。当然喽,他的学习没有拉下反而往上冲了,良好的营养、有规律的锻炼在支撑着他哩。

运动会开始了,吴亮信心百倍地跑了起来,他的身边有许多长跑高手,有些还是校田径队的,可吴亮不怕。果然跑着跑着他就领先了,不过,一些平时名不见经传的黑马却冒了出来，吴亮仔细一看，哈，认识，全是近些日跟他一起吃营养小灶、而锻炼长跑的刻苦劲一点也不逊于自己的几个同学。

快到终点了，吴亮一马当先，300元的现金就要到手了，他心里不由得一阵阵激动。正高兴着，耳旁忽然响起一声声粗重得像拉风箱的喘息声，吴亮惊讶地回头一看，是同学刘威。吴亮连忙加快步伐，他有足够的体力第一个冲过终点，而刘威明显的体力不支了。

可刚跑了两步吴亮的脚步就慢了下来，眼看着刘威一点一点地超过他，然后踉踉跄跄的刘威在同学们山呼海啸般的加油声中咬紧牙关冲刺，第一个撞线了！接着是吴亮……

比赛结束后校长当场发了奖金，吴亮接过200元现金高兴坏了，这可是他生平挣到的第一笔巨款啊！

回到办公室里校长，几位高三班主任一起快活地大笑起来。校长说："你们提出的举办长跑运动会的点子不错啊，既让家庭贫寒缺少营养的同学们强壮了身体，又巧妙地不让他们觉得学校这是在照顾他们，从而很好地保护了孩子们年少敏感的自尊心，高，实在是高啊！以后咱学校就把这一方法不露声色地固定下来，永远惠及贫困的学生们，你们说好不好？"大家听了齐声叫好。

却说吴亮正高高兴兴地往宿舍走，有个同学忽然轻声叫住了他，吴亮一看，却是刚刚长跑获得第一名的刘威，刘威说："吴亮，其实我知道刚才你明明可以获得第一名的，可你却让给了我……"

刘威有点哽咽，吴亮却憨厚地笑了，是的，刚才在他铆足劲准备冲刺的一刹那忽然想起刘威比他更需要第一名，因为他听说过刘威的家庭更困难，于是故意放慢了脚步……

吴亮用饱含深情的口吻说："刘威，其实你不用感谢我，真的，老师们的良苦用心我全知道，还有，实际上单凭我们短期的锻炼哪能跑得过那些长跑高手们，同学们在让我们啊，所以真正要感谢的人是他们，是他们在背后默默地助我们奔跑！"

第 六 辑

卑 微 的 爱

功夫之王 / 今年暑假真长啊 / 别样感恩 /
卑微的爱 / 大力士 / 会飞的矿子 / 奇迹

功夫之王

高耸入云的大青山景色优美远近闻名,一年四季登山游玩的人络绎不绝,更出名的是青山寺里的主持方丈那一身出神入化的绝世武功。

这天天气晴好,几个大男孩流着汗气喘吁吁地爬到山顶来到青山寺外,他们是来求方丈传授他们武功的,为表示诚心,几个人在寺外一字排开笔直跪倒。一小时过去了,两小时过去了……大师终于出来了。

大师满脸愧色,说:"孩子们,并不是老僧藏技不肯教你们,实是有人比我的功夫更高,他才是真正的功夫之王,你们若跟了我,岂不是误了你们?"

几个人一听简直不敢相信自己的耳朵,还有人比大师的武功更高?其中一个男孩忍不住问道:"大师莫不是在考验我们吧?"

大师摇摇头,说:"出家人不打诳语,喏,他正好来了!"

众人掉头一看,只见一个人出现在他们身后。来人四十开外,脸膛黝黑满脸大汗,头发凌乱衣着陈旧,整个一山下农民打扮,背上还背着一个沉甸甸的大袋子,显然刚从山下爬上来。

男孩问:"他会是功夫之王?"

大师一脸郑重地点点头,说:"就是他,他是最让我钦佩的人!你们切不可小瞧了他,他每天都要上山下山十几趟用来锻炼脚力,另外你们也看到了,他身上还背着几十斤重的沙袋,这样的功夫试问天下谁能达到?老僧我只怕跑个三五趟就撑不住了。"

男孩们顿时兴奋起来,个个一跃而起,抢上前喊道:"师傅、师傅,教我们武功吧,我们一定不会让你失望的!"

那功夫之王听了慌得连忙把背上沙袋放下来,汗也顾不上擦,双手直摇,说:"羞死人了,什么功夫之王啊,我一丁点的功夫也不会。"

男孩们当然不信,真正的高手从来都是这样的,便嚷嚷道:"师傅,您就别装了,每天上山下山几十趟,还背着个沙袋,没功夫的话早就累死了。"

功夫之王更慌了,说:"沙袋?谁告诉你们我背沙袋了?你们说的是这个袋子吗?"说着弯腰打开那个鼓实实的袋子,刚一打开大伙就愣住了,袋子里装的不是沙子,而是白花花的大米。

这是怎么回事?男孩们把疑惑的目光投向方丈大师,却听大师缓缓说道:"老僧刚才说错了,他确实不会功夫,他只是本寺的一个挑夫,每天的工作就是从山下背上油米粮盐及其他杂物。"

男孩们一听有点生气了,德高望重的大师怎么可以骗人?

听到大师又说:"不过有一点老僧没有骗你们,这位挑夫的耐力倒真的非常人所及,即使连老僧也自愧不如。想知道他为什么会有如此力量吗?"

大伙一下子兴奋起来,是武功秘诀吗?便充满希望地说:"当然想知道啦。"

大师说:"因为他有一个正上高中的儿子要用钱啊!他希望他的儿子能考上大学,将来成为有用之材,所以每天浑身充满了力量,再苦再累也能忍受了。"

男孩们的脸慢慢红了,他们也正上高中,现在却逃学了,他们每个人也有这样的父亲。

今年暑假真长啊

蒋堡村是个陷在大山深处的村子,村里有一所小小的学校,从一年级到六年级一共只有四十来个学生,校长和老师全由一个人担任,语文数学体育也全是一个人教。他叫蒋汉华,一晃三十多年了,昔日精壮的年轻人如今已是白发满头。

这天从山外传来一个消息,说是上级决定马上撤并这所小学,原因是蒋老师快要退休了,可没有一个教师愿意到这穷山沟里接过教鞭。蒋老师一听急了,真要这样的话可苦了孩子们了,他们将要翻山越岭地到山外上学,可谁让咱这儿穷引不来教师呢?

快要放暑假了,瓢泼大雨一连下了几天,这天蒋老师正在教室里上着课,天一下子暗了下来,对面看不见人,接着远处突然响起老牛狂吼般的巨声。蒋老师闻声抬头向外一望,不好,山洪暴发了,一股黄色的巨大浊流正万马奔腾一样铺天盖地冲了过来!说起来山洪已有二十年没有暴发了,所以每个人都忽视了连续几天大雨可能会带来的后果。

学生们"哇"的一声哭叫起来,慌乱之中只听到蒋老师大叫一声:"同学们别慌别挤,一个接一个快爬上教室后的小山上!"原来教室后有一座高高的土山,上面虽不大,但四十来个学生还是能容纳的。

在蒋老师的手推肩扛下四十来个学生一个不落地全上了土山,等蒋老师自己筋疲力尽地爬上小山时山洪恰好冲了过来,带着巨大的"哗哗"声像条黄龙一样席卷而过,好险!

望着脚下滚滚洪流胆小的学生开始低声哭泣起来,蒋老师连忙轻声安慰着,就在这时一股又急又高的潮头冷不防扑了过来,蒋老师刚喊了声:"同学们坐稳了……"话还没喊出口嘴里就呛进了好几口混浊的水,这时有同学惊慌地大叫起来:"蒋老师,有两个同学被浪冲走了!"

蒋老师急掉头,正看到不远处的洪水中有两人一上一下、一沉一浮、随浪远去!

"扑通"一声蒋老师跳入水中,展开双臂尽全力向两个学生划去,小山上的学生们带着哭音在后面喊道:"老师,小心啊!"

蒋汉华很快抓住了一个女同学,他不是个莽撞的人,在如此大的洪流下抓住两个学生是根本无法回头的。蒋老师抓牢后掉过头向小土山划来,可洪流太急了,他刚前进了一点,一个潜流涌来却退得更远。这时小山上的孩子们叫得更响了:"老师,加油啊!"

或许是孩子们稚嫩焦急的声音起了作用,蒋老师浑身一下子来了力气,他圆睁双眼拼命划动,尽管洪流更猛了,可他还是一次次巧妙地避开峰头一点点接近了小山。孩子们一见忙争先恐后地伸出手,一齐用力把那个女同学拉了上来。这时蒋老师说了声:"同学们小心看着她!"然后没有丝毫犹豫,急转身向另一个还在水中挣扎的学生游了过去,实际上他此刻已半点力气也没有了。

当洪水退去的时候村民们找到了那个男同学,他正安安全全毫发无损地坐在一棵大树的树杈上。一见村民们来,这个男学生立即大哭起来,说:"快去找蒋老师啊!他把我抱上树杈后就没有力气了,手一松被水冲走了……"

村民们和蒋老师的学生们"哇"的一声全哭了,个个没命地跑着、找着、喊着,不知跑了多远终于找到了蒋老师,他正安安静静地躺着。

蒋老师没有死,只是他永远不能教他的学生们了,因为医生说蒋老师的脑子里呛进了太多的水,受伤了,也就是说蒋老师从此以后跟傻子没有两

样了。

可以后的日子里蒋汉华没有忘了他是个教师。每天他都会夹着那个跟了他几十年的黑色人造革包去学校,每次照例会面对着洪水过后空无一人的学校发愣,然后说:"我的学生们呢?怎么一个也不来上课?"

每个看到这情景的人,不管是学生还是村民,都会大声说:"蒋老师,现在正是暑假哩。"蒋老师听了脸上便现出一副恍然大悟的样子。

蒋老师的事迹传开后引起了领导的极大震动,经过反复研究他们终于做出一个重要决定:蒋堡村小学不撤并了,找一处高地方重建,因为已有年轻的老师愿意来这儿了。这些年轻的老师说与蒋汉华这样的老师为伴,灵魂一定会受到净化的。

暑假一晃结束了,初秋时分一所漂亮的新学校建成了,蒋堡村的大人小孩们听到这消息就像过年一样家家户户贴对联放鞭炮。热闹声中大伙看到蒋老师又夹着包向老学校走去,村子里一下子静默下来,大伙不再放鞭炮喧闹了,个个悄没声地跟在蒋老师后面,形成一条静穆的长龙。

蒋老师来到老学校门口就站住了,眼前山洪冲刷过后留下的残垣破壁使蒋老师看上去十分难过,老半天他才喃喃地说:"怎么同学们还不来上课啊?"

身后的村民、学生们、新老师听到了,个个齐刷刷地回答说:"老师,我们的蒋老师,现在正放暑假哩!"

蒋老师听了如释重负地点点头,又轻轻叹一口气,低声说:"今年的暑假……真长啊!"

别样感恩

房地产老板华均从电视上看到一则报道,说是山村一个叫小芳的女孩,父亲早逝,多年来她一边勤奋读书,一边照料瘫痪的妈妈,还养猪、放羊……可是,现在已考上大学的她却不得不辍学了,因为实在拿不出巨额学费,还有,她不能丢下妈妈。

看着小芳一边放羊一边抓紧时间看书的画面;烧好简单得不能再简单的饭菜后,再一勺一勺喂妈妈的画面,华均被深深打动了,当即做出一个决定:全力资助小芳,直至她大学毕业。

当他把钱交给记者请记者转交后,记者问他:"我先代小芳谢谢你了,那么,作为一个资助人,你可有什么话要对小芳讲?"

华均想了一下,动情地说:"这钱不需要任何回报,不过,只有一个小小的条件,就是请小芳每月写一封信给我,简单说一下学习生活的情况,仅此而已,不为别的,只为让她学会感恩。"

记者立即带着钱和华均的爱心来到大山深处找到小芳。尽管是第二次来了,面对眼前的贫穷记者还是震撼不已,只见低矮破败的房子里除了灶头、床等几样生活必需品外四壁空空,小芳的妈妈只能躺在床上,身体瘦弱面带菜色,可是,一切都显得干干净净井井有条。小芳正在切着青菜,动作熟练极了,不用说,这是她们中午唯一的菜。

摄像机"沙沙"地拍着,当记者掏出钱说明情况,并转述了华均那微不

足道的条件后,大出意料的是,小芳却头也不抬地继续切着菜,嘴里坚决地说:"我不要钱!"

记者惊讶极了,忽然明白过来了,会心地一笑,说:"小芳,我懂你的意思了,你放心,当节目播出时,你和你妈妈的脸会全部打上马赛克,没有人能认出你们的。"是的,资助很重要,可穷人也有自尊心的,这种事以前也有过。

这时小芳已切好了菜,一边在灶膛里点火,一边继续摇着头,说:"我不是这个意思,反正,这钱我不要。"

记者愣了愣,然后言辞恳切地说:"难道你不想上大学了?小芳,你要改变你和妈妈的命运,就一定要上大学,就算不为你自己着想,也得为妈妈着想是不是?"

小芳黑瘦的脸被火映得通红,眼望着摄像镜头,字字清晰地说:"大学一定要上,但我不要这钱,因为,我绝不写什么感恩信!"

记者这回真有点纳闷了,还有点生气:"小芳,不过是每月一封感恩信而已,我想,这要求可一点也不过分,学会感恩,这是我们每个人应该具备的素质……"

小芳斩钉截铁地打断他,说:"对我来说,每月一封感恩信,就是每月一次屈辱!实际上,我早就学会感恩了,我感恩的是我的父母,没有他们,就没有我,所以,在我上学时我会带着我的妈妈;我感恩的是我村子里的大叔大婶,还有老师同学们,没有他们,我和妈妈不会活到现在、考上大学,现在他们又一家一家地为我凑足了学费。"

小芳抹了一把泪水,又说:"这恩比山还高、比海还深,可是,他们从来不要我感恩,即使口头上的也不要,他们从来不喜欢高高在上地提这提那条件的;实际上,我们这里的每一个人早就学会了感恩,感恩先辈、感恩贫瘠的大山,只不过这感恩深深埋藏在心底、溶化在血液,刻骨铭心、永志难忘!"

卑微的爱

五光十色青春时尚的校园内,明眸皓齿的谢姝时常会收到火热的短信,见怪不怪的她总是一笑了之,然后随手删掉,可是,有一个人的短信引起了她的好奇。

那个人的短信与其说是示爱,不如说是在展示他的心迹,有种自言自语、湖畔轻吟的味道,例如,那天在林荫道上偶遇,你如清风拂面而来,又如夏梦飘然远去,只留下遍地相思,而我,沉醉相思中。又如,即使是最遥远的一瞥,也如一颗石子投入湖心,最绵密的回响,久久不愿平息。

这是个陌生的手机号码,每次短信都不留姓名,轻盈而来,倏忽而去,平淡而执着。时间一长谢姝想这是谁啊,便回拨了电话,可是,没有人接。谢姝正纳闷,短信又来了,还是他,是这样写的:我不是存心打扰你,只因为你是我一直以来的梦,我实在舍不下;我也不奢望结识你,你太出色,而我太暗淡。所以千万不要问我是谁,也不要试着找出我是谁,否则,卑微的我真怕连梦也不得做了。

谢姝叹口气,这是个自卑的暗恋者,这样也好。

这天也不知是什么由头,实际上年轻奔放的心并不需要太多的由头,同学们在一家小餐馆聚会。谢姝偷偷打量着男生们,其间有帅而多金的,有穷而平凡的,有高谈阔论的,有微笑不语的。谢姝忽生奇想:他会不会在其中呢?

就在这时只听得惊天动地一声响,小饭馆操作间发生了爆炸,随即火光浓烟滚滚而来,眨眼间把所有人全笼罩了。惊呼声、尖叫声顿时四起,接着是桌椅倒地声、碗碟打碎声,大伙拼命往外跑,每一秒钟都关系到身家性命啊。

慌乱中谢妹被人推倒在地,脚脖子一下子崴了,疼得没法说,一步也挪不动,而这时火光更大了,烤得她透不过气来,她只来得及发出一声惊呼就给浓烟呛住了。就在这性命攸关之际,一双有力的手摸索着抓住了她。

那人一下子把谢妹背在了后背上,谁知刚跑了两步,那人却又把谢妹横抱在了胸前。谢妹迷迷糊糊地想:"这是干什么啊?"就在这时又是一声震耳欲聋的爆炸声,然后谢妹就什么也不知道了。

等再醒来时谢妹发现自己躺在医院内,摸摸胳膊看看腿,安然无恙,只不过是擦破了皮,然后她想起了那个救她的人。

看护的同学告诉她,先前事故是因为餐馆钢瓶漏气发生了爆炸,而那个救她的人此刻正躺在重症救护室内,后背被严重炸伤波折内脏,怕已不行了。

谢妹忽然明白他为什么在救她时,要把她从后背挪到前胸了,他在用他的身体保护她。

在重症救护室内,她看到一张平凡的脸,正是聚会时同学中的一个,是最含笑不语的一个。在谢妹走近他的一瞬间,他的眼睛亮了。

谢妹急切地问:"你为什么要舍命救我?"

那同学嘴角扯了一下,还以一个笑,还是不语,然后眼神暗了下去,他剩下的时间不多了。

谢妹突然想起什么,手忙脚乱地掏出手机,找出那个短信回拨过去,然后,铃声响了,声音来自病床床头柜上的手机。

同学告诉谢妹,这正是他的手机。

他的脸红了,因为心底最深处的隐秘被发现。

谢妹毫不犹豫地伏下身去,吻,为了这卑微而分外高尚的爱情。

她吻上的是他那冰凉而芬芳的唇。

大 力 士

爸的力气很大,大得无法想象,这一点是从二十年多前的一个夜晚得知的。

那时快要过年了,一天晚上我们得到一个口信:因为舅舅没挣着钱,所以外公一家过年的米、面、肉还没有着落哩。

爸妈听了立即行动起来,东家借米西家凑面,不一会儿爸就挑着一副担子出发了。那时我已十三岁,吵着跳着要到外公家,爸先不答应,说天太冷,妈说娃去也好,正好跟你打个伴,还可以拎马灯给你照路。

正是寒冬腊月天,北风吹在脸上像刀子一样割得生疼,我提着马灯蹦蹦跳跳地走着,只有一边走一边跳才能稍稍暖和点,爸却一点也不畏寒的样子,挑着担子大步流星地跟着,一边跟我讲着笑话。

从我家到外公家有十几里路,满天微弱的星光下,我们一口气也不知走了多远,这时听到爸的喘息声粗重起来,我便满是豪气地说:"爸,让我来挑一会儿。"

爸一听连声说:"行行行,好娃子,晓得体贴大人了。"说着放下担子。

我放下马灯,弯下腰把扁担放在肩膀上,腰猛地一挺,担子纹丝不动,使劲再一挺,还是不动,我大叫起来:"爸,担子重死了,你力气真大啊!"

爸摸着我的脑袋哈哈大笑,直笑得眼泪都出来了,然后坐在担子上点上一根烟,美美地抽了起来,等一根烟抽完就又动身赶路,这一回一直没歇脚,一直到外公家。

　　当我们赶到外公家时已是深夜,外公外婆看到我们爷儿俩简直不敢相信自己的眼睛,一叠声地说:"这么晚了还来?你们是怎么来的?"

　　爸还没回答,我早已自豪地大叫起来:"我们是一路走过来的,外公外婆,我爸是个大力士,挑这么多东西我爸在路上只歇了一次。"

　　外婆把我使劲搂在怀里,外公拎了拎沉甸甸的两只口袋,一只口袋内是面,另一只内是米和肉,外公说:"一起怕有好几十斤吧?这么重你挑来的?"

　　爸爸一边笑着,一边擦额头的汗,说:"三十斤米、三十斤面,还有五斤肉,不重的,嘿嘿……"

　　外公外婆说:"你这孩子,这么重、这么远,你硬挑来,你傻啊你……"然后一个劲地擦眼睛。

　　从这件事以后我就知道爸的力气大了,以至于现在我时常不无悲哀地想,我这辈子也不可能有爸的力气大了,因为我在城里安家立业,从事的是脑力工作,简直可以说是手无缚鸡之力,甭说挑几十斤的担子了,连从超市买二十斤的米拎上楼都要歇几回,喘得像拉风箱一样。

　　一晃又要过年了,这天晚上妻子告诉我:"单位给我们每人发了两袋香糯米,我放在车库里,爸妈不是最喜欢吃香糯米熬的粥吗,要不有空给他们送去吧,顺便送点压岁钱,让他们过年也丰厚些。"

　　我说要送现在就送,因为这几天年根岁底的事特多,只有晚上有空。可等我来到车库一看就傻了眼,两辆电瓶车电量全不足,而老家离城有好几里路,这么点电连单趟都不够,充电又不是一时半会的事,唯一的办法只有打的了。

　　可是我站在路旁好一会儿都没打着的,快要过年了,出租车分外忙,根本拦不着,而这时已快九点了。事不宜迟,我做出一个重大决定:挑着香糯米回老家。

　　车库里有现成的扁担和绳兜,扁担正是爸用了多年的那根,是他上次送青菜、萝卜到我家留下的。而两袋米也并没有我想象中的那么沉,这么着我脚步轻快地上路了。

不知过了多久,我感觉到米越来越沉,肩头也越来越疼,而我绝望地发现离老家还有好远。我正开始有点后悔先前鲁莽的决定,正犹豫不决是不是回头再说,手机响了,是爸妈打来的,原来妻子告诉他们我送米去了,他们等了好一会儿没见我到,有点不放心,便问我到哪了。妈最后说:"我做了你最爱吃的鱼圆子,正好回头时带上。"

我大声回答道:"还有一会儿哩,要过年了,好容易才拦到出租车,爸、妈,你们先睡吧!"

这世上肯定没有人比我更爱吃鱼圆子了,尤其是妈亲手做的那种。接完电话我再次挑起担子,忽然发现担子又不沉了,爸妈的电话好像给了我无穷的力量,抬起头发现满天的星光分外灿烂,我满心愉悦,健步如飞。

当我回到老家时惊见爸妈并没有睡,他们一直等着我,看到我满脸放光地挑着担子大步走到他们面前,二老简直像看到了外星人。

妈妈用粗糙的手使劲擦我脸上的汗,问我腰疼不疼、腿疼不疼,又直抹眼睛,说:"两袋米四十斤啊,你傻啊你……"

爸只是神情异样地抽烟,然后说了一句:"你小子什么时候长力气了?"

时光一下子回到二十多年前那个难忘的夜晚,我突然明白了一个道理:原来大力士是这么练成的!

会飞的矿子

矿子是条狗。

它原本是条小小的黑狗，总在矿上那简陋得像猪圈一样的宿舍区流浪，然后趁没人的时候偷偷吃上两口，所以生得皮包骨头，浑身脏得像鬼。可矿工老黑子不嫌它，老黑子说："跟它比起来，咱又好到哪里去？"这么着便收留了它，顿顿从自己口里省下粮食喂它。

时间一长，这小东西虽然还是瘦不拉叽的，可还是一点点长大了，成天围着老黑子的脚后跟转，那依恋劲儿像个儿子似的。大伙看在眼里，那给艰苦岁月磨砺得粗糙的心不免有点异样起来，便叫它"矿子"，意思是矿工的儿子。后来只要谁一叫它"矿子"，它便跟谁摇头晃脑地亲热个没完没了，爱煞人了。

矿子真的有灵性。有一天早上，大伙下井的时候它烦躁地叫个没完，又来回乱蹦，像脚上戳了钉子一样，尤其当老黑子下井的时候更是疯了一样地叫，最后竟一口死死叼住老黑子的裤管，身体使劲向后赖着，口里呜咽声大极了，像是哀求，又像是哭，让人不忍听。

老黑子就有点疑惑了，跟大伙说："矿子今天不对劲，要不，就不下井了吧！"

大伙还没接茬，五大三粗狗熊一样的工头过来了，一脚踢开矿子，说："磨蹭什么呢？告诉你们，今天任务要是完不成的话，全给我滚蛋，一个子儿也别想！"

挖煤这碗饭当然不好吃,可又有哪碗饭好吃呢?老黑子他们只好下井了。

然后,井下就出了事,炸死了好几个人,其中就有老黑子。

没有人知道这山高皇帝远的山旮旯里发生了什么。知道了又怎样呢?

老黑子死后大伙继续挖煤,矿子也没有走,还是一如既往地和大伙作伴,只是以往的活泼劲没了,整天怏怏的,一副若有所思的样子。

这天它再次发了疯,像上次一样,一口咬住一个要下井的年轻人的裤管死也不松。经历过上次生死轮回的矿工心里顿时发了毛,忙问那年轻人的来历,一问之下大吃一惊,他竟是老黑子的儿子,小黑子!是的,那眉眼、那神态,活脱脱一个再生的老黑子。

大伙脸上个个变了色,说:"孩子,这井你下不得,"便把上次的事一五一十地讲了。

小黑子却一把搂住矿子的脖子哭了起来,说:"我也不想下井啊,可我娘病了,再不治的话我连娘都失去了,矿子,你要是真心想帮我的话,就保佑我和大伙都不出事!"

做这行的人都是跟小黑子差不多的家境,所以大伙还是下井了,然后,又出了事。

几具尸体并排躺着,像沉沉睡去一样,矿子哩,在这具尸体边嗅嗅,到那具尸体旁嗅嗅,又舔舔小黑子的脸。大伙哀哀哭着,有个矿工忍不住对矿子说:"矿子啊矿子,你要是真有灵性的话,就带我们离开这个鬼地方,找一个是人待的好家园……"

一语未了奇迹出现了,只听"哗"的一声响,矿子的背上伸展出两扇硕大无朋的翅膀来,然后小黑子醒了过来,一骨碌爬到矿子的翅膀上,紧接着,那几个躺着的人也醒了过来,纷纷爬上了矿子的翅膀。

大伙惊呆了,忽然反应过来,个个争着往矿子的背上爬,才开始还有点担心矿子的背上容不下这许多人,可等爬上去一看,嗬,矿子的翅膀宽阔极了,你想它多宽,它便有多宽。

然后,那巨翅左一下右一下,呼啦呼啦,有力地扇啊扇,矿子就飞起来了,飞越高山、飞越森林、飞过千山万水,一直飞到一个光明、温暖的地方去了。

奇 迹

这天是人生中的一个重要时刻,我要高考了。当我骑着自行车来到考场外时已是人山人海,而其中以送考的居多,看得出有的甚至一大家子都来了,爷爷、奶奶、爸爸、妈妈一个也不缺,有的千叮咛万嘱咐,有的佯装镇静,但仍然掩饰不住一脸的如临大敌,而我只有一人。我爸一大早就一如既往地下田做农活了,妈也神色如常地洗衣服、喂猪,该干什么还干什么,根本没有送我的一丁点意思,相比起人家,我爸妈也太不把我当回事了吧?我忽然有点委屈。

时间飞快,马上就要进考场了,人群开始骚动起来,这时身边有家长对他的孩子说:"准考证小心拿着,到时候监考老师要检查的。"

我听了本能地打开书包扫了一眼,只一眼我浑身汗毛就凛起来了,空荡荡的书包里只有文具盒,没有准考证!昨晚收拾东西时我拿好准考证了吗?好像是……

我有点慌了,双手齐掏口袋,通通翻遍了,没有!

我完全蒙了,大脑里一片空白,就在这时铃声响了,考生开始进考场,这意味着还有半小时就要开考,超过半小时我将被视作弃考!

这时再骑车回家拿怕是来不及了,因为我家在郊区,离这有十几里远,唯一的办法是打电话回家让爸火速送过来。

在众人惊讶的目光里,我百米冲刺般冲进路边一家小店,抓起电话就打,我家没有电话,我打的是邻居的电话,一边摁电话一边疯狂地祈祷:"家里有人、家里有人!"

老天保佑,响了两声后那边真的响起天籁似的声音:"喂?"是邻居大伯。

我嘶声大叫:"大伯,快喊我妈接电话。"我爸下田了,只有找我妈。

大伯显然被我的声调吓了一大跳,忙不迭地说:"我就去喊、就去!"

然后从电话中我听到"咚咚咚"远去的脚步声,这是大伯的,我心急如焚地等着,同时心里再次祈祷起来:"但愿我妈在家、但愿……"

耳膜中突然再次响起"咚咚咚"的脚步声,由远而近,是妈吗?这时我听到大伯的叫声:"他婶子,别急,慢点!"

是妈跑来了!妈那无比惊惶的声音随即在耳边响起来:"儿子什么事?"妈一边说一边狂喘,我甚至能听到她的心脏在不规则地狂跳,妈显然预感到大事不妙。

我大叫:"我把准考证忘家里了,肯定在抽屉里,你让爸马上骑自行车送给我,快点,再过半小时就不让进考场了。"

放下电话时我忽然一阵后怕:妈有心脏病,根本不能劳累一丁点,刚才一路跑来接电话加之害怕,妈不会犯病吧?记得有一次妈只是到田里锄了一会草就倒在田头,要不是邻居从她口袋里及时翻出药,妈就不在了……

时间飞逝,我急如热锅上的蚂蚁,看看表,离提笔开考只有十分钟了,十几里路爸骑自行车也该到了啊?是妈找不到爸,还是爸找不到准考证……我胡思乱想望眼欲穿,可依旧望不见爸的身影,此时我才真真切切深入骨髓地体会到什么叫心急如焚,什么叫欲哭无泪,那种渐近绝望、如坠深渊的感觉我一辈子也忘不了。

我越来越频繁地看表,要哭的感觉越来越强烈,三分钟、两分钟……我要崩溃了,大脑里天旋地转嗡嗡作响,正低头擦眼泪,耳边有个声音炸响了:"儿子,准考证来了!"

是妈出现在我面前,她的头发凌乱飘拂浑身大汗,手里高高举着那重若千斤的命根子!

我疯狂地跳起身,一把抓过准考证箭似的冲进考场,"丁零零",铃声响起来,我赶上了!

下午时分,我骑着自行车一路沉浸在快乐中,哼着小调回到家,因为自我感觉考得还不错,考试前的风波并没有乱了我的方寸。可是一进门就发现气氛不对,妈脸色苍白地歪躺着,而爸一脸的黑云。

我没心没肺地说道:"爸、妈,我回来了,我考得还可以……"我想让他们高兴一下。

"可以个屁!"回应我的是爸打雷般的怒吼,爸蹦跳起来双目圆瞪,那火冒三丈的样子简直要吃了我。

妈无力地说:"你跟儿子吼什么?儿子你饿了吧?"

我丈二和尚摸不着头脑,这时爸又雷鸣般吼开了:"准考证都忘了带,你怎么不把你的魂忘了?你妈是一路跑到考场的晓得不晓得?你这东西差点要了你妈的命!死老婆子,要儿子都不要命了……"爸的声音突然有点嘶哑,他猛地背过脸去,强壮如山的肩膀微微颤抖。

我大吃一惊,十几里路,妈是一路跑过去的?这怎么可能……

妈虚弱地笑了,说:"我怕时间来不及,就没找你爸,没事的,我很好,真的,实际上我跑的时候浑身全是力气,一点也不累……"

妈没有撒谎,她真的一点也没感觉到累,此次夺命长跑好像根本没有给妈多病的身体造成一丁点伤害。后来妈就这样虚弱但快乐地过了好多年,我知道,这是老天爷给我机会让我报答她。

我想象不出,即使穷尽我一生也想象不出,妈这样一个严重的心脏病人是怎么一口气跑了十几里路的?到底是什么支撑她的?我只能说,这是个奇迹!

第 七 辑

你为什么不说话

四郎探母 / 无家可归的鸟儿 / 父亲节快乐 /
黄昏的报摊 / 你为什么不说话 / 我们终于忘记你了

四郎探母

台湾的杨先生今年六十多岁了,风烛残年老态龙钟,像一盏风中的灯随时都会熄灭。死本不怕,可他还有一件几十年来一直未了的心事,就是尚不知远在大陆的老母亲的消息,若老母亲仍在,他不敢先去。这种思念到了晚年更是夜夜萦绕不去,无数次清清楚楚地听到老母亲叫他"小四子",眼一睁却是南柯一梦,枕头上只留下斑斑泪痕。

记不清是哪一年的哪一天了,母亲在灶塘下一边烧火,一边说:"小四子,去打些酱油,中午咱下面条吃!"谁知她的小四子这一去从此天涯陌路,在打酱油的路上他被抓了壮丁,然后是左一场右一场的战争,直至最后一路退到台湾。

到台湾后杨先生排遣思念的唯一办法是听戏,他排行老四,又姓杨,所以只听《四郎探母》,更因为母亲口中最爱哼的就是这戏文:"我好比笼中鸟有翅难展,我好比虎离山受了孤单……思老母不由人肝肠痛断,想老娘不由人泪洒在胸前。眼睁睁高堂母难得见,儿的老娘啊!要相逢除非是梦里团圆。"每听到这几句杨先生都忍不住痛哭失声。

机会终于来了,杨先生回大陆探亲了。

一路上披星戴月风雨兼程,恨不得翼生双翅立即飞回故园,好容易快要到家时正所谓近乡情更怯,那颗心都要跳出胸腔了。可到了故乡张目一看杨先生傻眼了,只见眼前高楼林立商铺喧哗,陌生的人流来来往往,这还是记忆中曲巷通幽细雨杏花的家乡吗？梦中的山水故园呢？熟悉的亲朋发小呢？想要打听一下母亲的消息,却连半点线索也没有,根本就是无从下手。

原来早已人事皆非,原来真的只是一场梦,现在这场做了几十年的美梦被自己亲手打碎了!

杨先生顿时像失线风筝、断缆小舟,心中空空荡荡无所系泊。不死心又盘桓了数日,把小城的角角落落都走遍了,母亲、故人的消息依旧是一丝也无,正满心凄惶不知去留,忽然看到一张海报,说有京剧团来小城演出,演出剧目是《四郎探母》。

竟是《四郎探母》! 杨先生当然不会错过,立即买票进场,果然原汁原味、果然字正腔圆。到了到了,当台上人一板一眼、一字一泪地唱到"我好比笼中鸟有翅难展,我好比虎离山受了孤单……"时,台下的杨先生顿觉万箭穿心,自己来日无多,下次再回大陆只怕是魂飞海峡,与老母只能在地下团圆了,不过这样也好、也好,毕竟能见了老母面……

想到这里杨先生再也忍禁不住哀如潮涌,正要全然不顾一切放声大哭,忽听到前面不远处有人突放悲声,哭声之大、之忘情、之悲怆竟然震住了台上演员! 随即看到一位白发胜雪的老妇人颤巍巍站了起来,对着台上的杨四郎喊道:"小四子,你咋还不回来啊?妈一直等着你的酱油哩!"

台上台下因这突然变故顿时无声无息,个个张目朝这边望,不知道发生了什么。就在这时忽又见一位白发老者抢步走到人行道上,众目睽睽之下"扑通"一声跪下来,一边膝行朝那老妇人而去,一边摇头放声接唱:"思老母不由人肝肠痛断,想老娘不由人泪洒在胸前……儿的老娘啊……"

膝行的人正是杨先生,他终于找到了他的母亲。

无家可归的鸟儿

梁园心中突然升腾起一个强烈的愿望：回家。城市太嘈杂了，太疲惫了，沙尘暴、雾霾天气，一个接着一个，蓝天白云只能在想象中会面，甚至连鸟儿的叫声也淡忘了。幸好自己还有个遥远的乡下老家，一想起乡下老家，心脏顿时一烫。

可是，踏上故土后，梁园不禁有点失望，眼前的家园好像被水浸过的山水画，褪色了，颓败了，尤其是喝上久违的家乡水时，他竟闻过一股异味，而不是期待中的甜味，家人解释说这水是过滤消毒过的，不妨事的。

梁园又竭力寻觅昔日的印痕，总觉得少了什么，直到眼前突然飞来一只鸟儿，他才恍然大悟：少了鸟儿的飞翔和叫声。

童年时，乡村的天空不时掠过各色各样美丽的翅膀，处处回荡着各色鸟儿自由自在的叫声，从清晨到日落，从林梢到屋檐，现在那些鸟儿呢？

停在眼前的是一只灰麻雀，使梁园又惊又喜的是，麻雀应该是很怕人的，可现在这只麻雀竟一直飞到院子心里，停落在面前，伸手可及，麻雀漂亮而憔悴。

一旁的母亲说："好多鸟儿都这样，一点也不怕人，专往家里飞，有好事的人捉了好多吃了、卖了，作孽啊，可它们还是这样，不过现在鸟儿越来越少了。"

鸟儿不怕人？梁园茫然不解，见麻雀叫得急，声音嘶哑而干裂，圆圆的小眼睛内一副渴求的模样,他便用碗接了一点自来水,试探着端给它喝,只见麻雀猛地一下扑过来,一边埋头狂喝,一边快活地大叫,末了竟把整个身子跃进水中,痛痛快快地洗了起来。整个过程麻雀就在梁园的眼皮底下,近在咫尺。

母亲说:"这些闯进家中的鸟儿就爱喝水,个个像渴死鬼一样。"

这是个怪异的村庄。

当梁园信步来到野外时,惊见记忆中的条条河流全没了,全干得见了河床,或者干脆被垃圾堵塞了、填满了。那河水到哪去了?不知道,好像被天上伸下的巨掌一下子拎了去,或者是给一张巨口一口吸了去。

幸运的是,还残存一两条小河,这样的小河储存着童年的梁园多少快乐的笑声啊:在清澈见底的小河内游泳、摸鱼、打水仗……

可现在断断不能了,眼前的小河浑浊发黑,或者五颜六色,臭味扑鼻,甭说鱼虾,青草也不长一根,只能黏稠缓慢地流动,奄奄一息。

梁园什么都明白了:鸟儿之所以冒死闯进家中求水喝,是因为它们找不到干净的水了。

难怪鸟儿越来越少了,那么,它们飞到哪里了?

当梁园闷闷不乐地回家时,又有一只麻雀飞到眼前,小小的它歪着玲珑的头,睁圆了双眼不停地打量梁园,它就是昨天那只吧?

梁园马上给它端来水,目睹它快乐无比地喝完、吟唱后,说:"鸟儿、鸟儿,这儿已不适应你居住了,你跟我走罢!"

梁园说完就动身了,他该回城了,原以为这儿值得留恋的,现在看来只是一厢情愿。可是母亲不肯走,母亲说:"我不走,我的根在这里,将来我就死在这里,再穷再臭,毕竟是我的家。"

那麻雀听了梁园的话,双翅一展飞远了,它也像母亲一样,故土难离吗?

梁园正孤独地走着,身后忽然响起一阵扑腾声,回头一看,啊,眼前黑压压的全是鸟儿,是刚才那只麻雀把梁园告诉它的喜讯传开了,所以无家可归的它们要追寻新的乐土了。

于是黑云低垂的无际旷野里出现了这么一幅震撼的画面:前面走着一个忧伤的失去家园的游子,后面跟着一大群充满希望的鸟儿。

父亲节快乐

六月的第三个星期天,也就是所谓的"父亲节"到了,晚上老婆郑重其事地摆出了几样我最爱吃的菜。可当我拿起筷子正要开吃时,八岁的女儿眨巴着眼睛开口了:"爸,你不喝酒吗?"

我听了大笑起来,摸摸女儿美丽的小脸蛋,说:"爸爸不喝酒了,几天前我刚刚发誓戒酒。"

老婆也笑,说:"宝贝,喝酒可不是个好习惯。"

在快乐的气氛里,我再次伸出筷子要搛菜,谁知女儿又开口了:"可是,爸爸,今天是你的节日啊,你还是喝杯酒吧!"

我用劲咽下口水,说:"宝贝,爸是坚决不喝酒的,因为酒不仅伤身,而且误事,坏处多了去了,好了,咱们开始吃饭好不好?"

女儿咬着红红的嘴唇,睁着大大的眼睛看着我,小声说:"爸,你就喝一点吧,少喝一点不醉人的。"

她今天这是怎么了?这时老婆说:"宝贝,咱快吃饭吧,吃过了咱一家三口上街玩,就别管你爸了。"

可是女儿依然不动,眼睛怯怯的,说:"我就要爸爸喝酒……"

我终于有点冒火了,这丫头今天怎么变成一根筋了?便说:"爸今天真不想喝酒,不要再劝爸了好不好?"

心丝纤细的女儿显然听出了我话内的怒气,她小声哽咽起来,可还是说:"爸爸,你就喝点吧……"

我真有点生气了,这时老婆用眼神飞快地制止了我,然后擦擦女儿的眼泪,说:"那好吧,咱就让你爸稍稍喝一点好不好?"

小小的人儿一下子破涕为笑,这时老婆已转身打开了酒柜准备拿酒,忽然她的动作停止了,眼睛直勾勾地盯着内面看。

我说:"磨蹭什么呢?"

老婆慢慢拿出酒,轻轻放在我的面前,她的神态怪异极了,甚至有点庄重的样子,然后我一下子明白了其中的原因。

我看到酒瓶上贴着一张纸,上面歪歪扭扭地写着一行大大的字:爸爸,节日快乐!

是女儿稚嫩的字。

不用说,今晚我喝得有点多了。我对自己说:如果以前我是个粗心的人,那么从今晚开始,我将努力改变。

黄昏的报摊

在出差一个月后走在回家的路上,我发现路旁多了一个报摊。

我爱看报,当即停下脚步拿了一份晚报,付了钱刚要走,那摊主瓮声瓮气地开腔了:"大哥,再买一份吧,今天的晚报可好看了。"

我一听差点笑出声来,水果蔬菜多买了可以慢慢吃,同样的晚报多买了有什么用?心里这么想着便留神看了一下摊主,发现那是一个二十岁左右的大男孩,正快活地微笑着,眼里满是真诚希望的光,那真诚近乎于单纯,与他的年龄极不相称。

我不忍心拒绝这眼光,便又掏钱买了一份晚报,一边心里为他可惜,说:"你这报摊能赚多少钱?为什么不找份工作?"

男孩听了一脸的神采飞扬,瞳仁就像星星一样闪光,说:"我还没上大学哩,等上完大学就可以找一份好工作了。"

晚饭后没事,我信步来到同一小区里的朋友家串门,在沙发上舒服地坐下后发现茶几上放着一叠报纸,使我吃惊的是,这些报纸一共五份完全一样,全是今天的晚报。

我想起了那个大男孩,便对朋友说:"这些报纸是不是向一个神经兮兮的男孩买来的?"

朋友正哼着小曲给我泡茶,一听我的话动作顿住了,然后神情凝重地说:"请不要这样说人家好不好?唉,本来他已经考上了大学,可是一场飞来车祸撞伤了他的脑子,这么着他便辍了学,可心里一直忘不了大学,这是他做了好多年的梦,好多年啊!结果时间一长就有点……他这个样子很难找到工作,便只好以卖报为生。现在他的心中成天只有上大学这一件事,一直不能、或许也不愿从梦中醒来。"

我听了心里隐隐的一疼。

第二天我又出了差,可从未有过的归心似箭,当回来下了车直奔家的时候已是黄昏。在柔和美丽的光线里我大步流星,然后慢慢停了下来,我看到了这样的一幕:男孩笑得更灿烂了,因为他的报摊前不时有人稍停一下后又离开,这其中有老人,有妇女,还有小孩,每个人离开的时候手里都拿着厚厚一叠报纸。

我静静地看着,心情如水一样流淌,久久为之无语。

你为什么不说话

晓红的男友杨江到西藏当兵了,驻扎在一座四千多米高的雪山上,那儿有一座军用变电站,只有杨江和另一位战友常年驻守着。从此以后两人只能通过一根情思绵绵的电话线诉说衷肠,西藏那片神奇土地上的蓝天、白云、雪山,使得晓红梦绕魂牵。

谁知有一天杨江打过来一个电话,说:"晓红,以后我们就靠书信联系吧,部队有纪律,不能乱打乱接电话。"

书信就书信吧,古典的书信还别有一番风味哩,从此以后一封封信就像洁白的鸽子一样,在家乡和西藏之间飞来飞去。

时间真快,一晃杨江就要退伍了,晓红正望眼欲穿,忽然收到杨江的信,信很短,只有浓墨重彩的一行字:"晓红,我们分手吧,不要问为什么!"

晓红见了如雷击顶,三年的苦苦相思等来的却是这个结果,难道是他另有所爱了?晓红哭了一气,然后用颤抖的手指拨通了远在西藏的电话,现在也顾不上部队纪律了,她要责问那个负心人。

电话一下子就通了,是个陌生的男人口音,晓红含泪对着电话里的人字字用力地说道:"我是杨江的女朋友,请你们说实话,杨江提出跟我分手,是不是他已有了新欢?如果是,那我祝福他,可他不该骗我——他骗得我好苦啊!"

那边沉默了一下,然后一个男低音语调深沉地说:"你是晓红吧?我和我们班的全体战友早就知道杨江有一位又漂亮又温柔的女友了,他无数次地描述过你,他爱你啊!对了,我是杨江的班长,我们都在这,是来给我们的好战友杨江送行的。晓红,现在我要告诉你的是,杨江他之所以扯谎,仅仅是因为——他听不见你的声音了!"

那天,变电站的战友到山下办事后,老天突然下了一场特大的雪,大雪这一封山就是两个月,其间杨江只能一个人坚守着变电站,纪律规定变电站一天二十四小时不能离人。于是忠诚的杨江便分秒不离地守卫着变压器,陪伴他的只有变压器那巨大的嘈杂声。两个月后,当大雪融化战友来替换他时,杨江的耳膜已受到极大的损伤,战友们必须大声吼叫他才能听到。

这就是杨江要晓红通过书信联系的原因。

班长说:"近乡情更怯啊,何况是即将见到朝思暮想的恋人?晓红,每当杨江想到这一点时,他高兴,可更多的是害怕,怕你嫌弃他,更怕、更怕你不嫌弃他啊,因为他会觉得委屈了你,所以痛苦万分地提出分手……晓红,你能理解属于我的战友们所特有的,那颗既坚强又脆弱的心吗?"

班长哽咽了,同时电话里哽咽声响成一片,那是一群钢铁男子汉的真情流露!这边的晓红却顾不上流泪,急急地说:"班长,快喊杨江接电话!"

很快,话筒里响起一个迟迟疑疑的声音:"晓红……是你吗?"

这熟悉而又生涩的声音正是杨江的,有多长时间没听到他的声音了?除非在梦里。

晓红不顾一切地、使出全身力气大喊起来:"杨江,我为你感到骄傲,从此以后,我就是你今生今世的耳朵!"

这巨大的爱的宣言像天边惊雷一样,轰隆隆地回荡在相隔着千山万水的、那圣洁的雪山间,回荡在每一个戍边军人那滚烫的情怀中。

我们终于忘记你了

小妹是在救一个留守儿童时被拖拉机撞的。当时那小孩正一个人踢着足球玩,球滚到了路中央,那小孩也追到了路中央,他眼里只有他的宝贝足球,根本没注意到有一辆拖拉机正"轰隆轰隆"地直冲过来。

小妹看到了拖拉机,她飞身冲了过去,一把推开小孩,可拖拉机把她撞了个正着……年老的爸妈把小妹搂在怀里,拼了命地喊道:"不要扔下我们啊!"

小妹留给我们最后一张如花的笑脸,然后只说了一句话,这是她留给我们的最后一句话:"立即忘了我……"

爸妈迅速像入了秋的树叶一样衰老下去,所谓心如死灰、所谓一夜白头,我真真切切地看到了,我真怕只要再来一阵微弱的寒风,就能把这两片枯黄的树叶吹落。

半年过去了,树叶已摇摇欲坠,我急了,说:"爸、妈,你们忘了小妹的嘱咐了吗?她要你们忘了她,可你们呢?你们这副样子,她会心安吗?她在这个世界已经够苦的了,你们是不是让她在另一个世界里……过上几天好日子?"

我哽咽着说出的这些话像惊雷一样惊醒了二老,他们互相看看,然后爸爸费力地用商量的口吻对妈妈说:"要不,我们就把小妹忘了吧?"

妈妈点点头,像下了天大的决心似的,说:"忘了她!小妹,对不起,我们要忘掉你了！"

然后，爸妈就真的学会了遗忘。他们把家里任何残留有小妹气息的物件全放到小妹生前的房间里，最后死死地锁上。客厅的墙上挂着好多张小妹获得的优秀教师奖状，二老小心翼翼完完整整地从墙上揭下来，其中一张爸爸可能弄破了一丁点，惹得妈妈发了好大的脾气。

接下来的问题出现了：有好几次发现他们手里拿着钥匙，站在小妹房门口出神，显然正在犹豫要不要打开房门。

我说："爸妈，不是说遗忘的吗？你们这样子哪能行？"

爸妈茫然地说："那你说怎么办？"

我一把夺过钥匙，走出门，使出全身力气一扔，随着一声水响，钥匙给扔进了河心。

爸妈一声惊叫，妈妈更是举起手作势要打我，可她的手在半空中停住了，因为看到了我满脸的泪水。

可就是这样还不行，他们长时间地发愣，就像两尊雕塑一样，得找点事给他们做做。我想了又想，有主意了，说："小妹一直心疼那些留守儿童，她一直想办法帮助他们，爸妈为什么不帮她完成这个未了的心愿呢？这样小妹在那边一定会很快乐的。"

这句话就像强心针一样，爸妈一下子兴奋起来，说："对对对，只要小妹快乐，我们什么都愿意干，可是，我们能做什么呢？"

我胸有成竹地说："现在咱村里留守儿童多，他们的爷爷奶奶能照看好他们的生活就了不得了，更别说教育了，而爸，您退休前是位老校长，妈是位老教师，二老何不发挥所长办一个辅导班？在放学后、假期里把孩子们全集中起来，既传授知识，更传授做人的道理，这样子孩子们就不会出现意外了，还能成人成才，他们的父母也能放心在外面打工，而小妹肯定最高兴了……"

我话还没说完，爸妈早已眼睛发亮地站了起来，简直激动得有点手足无措了，连声说："好好好，真的太好了，我们马上就干起来，给孩子们办一个一切免费的乐园……小妹,你开心吗?"

爸妈立即雷厉风行地干了起来,首先是找一间大屋子,这很快就给解决了,村里干部听说这件事喜欢得了不得,立即腾空了一间宽敞明亮的旧厂房,学校知道这事后更是毫不耽搁地送来十几套旧课桌椅子,爸妈又自己掏钱打了十几套,购置了一些教玩具、图书什么的。而最高兴的莫过于那些爷爷奶奶了,他们紧紧拉住爸妈的手,感谢的话能用火车装。

从此以后爸妈就全身心地投入到他们的新工作中了,他们给孩子们讲课、讲做人的道理、讲爸妈不在身边的时候怎样保护自己,又带孩子们踏春、野炊、开联欢会。日子过得忙碌极了,爸妈的脸色却渐渐红润起来,以至于爸妈有时感叹着说:"这些与孩子们同乐的事都是以前工作时想做而做不到的事,想不到现在却做成了,真像圆了一个梦哩!"

我看在眼里高兴在心里,爸妈真的忘了小妹了,可是这天发生了一件小意外。

这天妈妈从县城买图书回来,一进屋来不及放下手里沉甸甸的书,举起其中一本就神采飞扬地喊了起来:"小妹、小妹,我在一家旧书摊上买到了《泰戈尔诗选》……"《泰戈尔诗选》一直是小妹生前最想看的一本书。

然后妈妈的声音戛然而止,她看到了那扇紧锁的房门,手中高举的书顿时"扑"的一声掉落尘埃。我和爸一声不吭心如刀扎,妈掉过脸去,说:"我怎么又想起了呢……"

有一次家里来了一个亲戚,亲戚带了一台数码相机,临走时要给我们拍一张全家福。于是我让爸妈坐好,我站在后面,正等着亲戚按动快门,爸爸忽然一举手示意亲戚停下来,然后四下转转头,一脸纳闷地说:"咱家不是四个人吗?我怎么觉得好像还差一个人呢?对了,小妹呢?小妹呢?"

回答他的是妈妈突然爆发的大哭。

从此以后我们家再不拍照。

第 八 辑

没有回忆的人

最丰厚的报答 / 没有回忆的人 / 一样的爱 / 一对诚信人 /
老校长的阴谋 / 我就给您打伞 / 二十岁的麻花辫

最丰厚的报答

杨老板是位慈善人士,一直资助着五个贫困孩子的上学费用,把他们从小学一直送到高三。其实说是老板,他的生意做得并不算大,最近更是力不从心,因为他的母亲生了场大病花费颇大,而身体并没有完全治愈。

就在杨老板犹豫要不要继续汇款给孩子们时,曾为老师的母亲发话了:"儿子,好事做到底,你就继续帮他们一把吧,现在是他们人生的关键时候,可不能掉链子。"

杨老板委屈地说:"妈,我一直听您的话,可是,现在咱家遇到这么大的困难,可说是泥菩萨过河,自身都难保啦,再说了,将来这些孩子记不记得我们还说不定哩。"

母亲一听有点生气了,说:"难道你做好事就指望着日后有回报吗?儿子,你记住,善行是出于内心深处的高尚行为,而不是用来放高利贷的。这样子吧,儿子,你给妈个痛快话,到底帮不帮孩子们?不帮的话,妈来帮,幸亏妈还有点退休金。"

杨老板给妈一番话说得面红耳赤,忙不迭地说:"帮、帮,我帮还不行吗?"

回过头杨老板就汇了款,并给每个孩子写了一封信,说明迟迟汇款的原因,请求孩子们的谅解。

一晃高考过了,一晃进入了暑假,就在这时杨老板先后收到五封信,正是那五个孩子写来的。

那五封信说得确切些,是喜报,原来五个孩子全部考上了大学,而且,他们不约而同地选择了医学院。

孩子们在信中说的意思几乎差不多:尊敬的杨叔叔,听说您的情况后我很担心、感动,我现在没有能力回报您和奶奶,唯有报考医学院,这样子等我毕业后就可以为奶奶的健康做一些贡献了。但愿奶奶能活到我掌握知识的那一天,一定的,好人一生都会平安的。

奶奶见儿子一边读信一边抹泪水,忍不住惊问道:"儿子,孩子们信中都说了些什么?"

杨老板哽咽着说:"孩子们要报答我们,他们的回报……真的太丰厚了!"

没有回忆的人

市郊区的射击场历来是男人们的最爱,其中又以退伍军人最为狂热,一枪在手神采飞扬,"砰砰"的枪声、好闻的火药味,使已然远去的军营生活、青春热血,刹那间又流转眼前,而这其中几位退伍老军人的热情竟丝毫不输于年轻人。

这天几位老军人又较上了劲,一个赛一个的不服输,举枪射击时竟然颇有一些紧张。看着他们你追我赶的热闹样,一个身材瘦削、老态龙钟的老者浮起一丝不经意的微笑。

谁知这微笑被几位老军人敏感地捕捉到了,恰好今天他们打得都臭得很，都是六环、七环的样子，甚至还有一位打脱了靶。这位正尴尬，一眼瞥见老者嘴角的微笑，立即不乐意了，咧咧嘴说："我说你笑什么？难道你也会射击？"这老者文质彬彬的，没有军人应有的英武之气，看起来像位大学教授，出现在这儿未免有点不合时宜。

"教授"见问点点头，然后举起枪，略一标准，"砰砰"几声连发。几位老军人一看之下全都暗吃一惊，"教授"射击的动作那叫一个标准、利索，跟他的年龄极不相符，就这一手，没人比得上。

这时标靶滑到眼前，大伙一看之下更是吃了一惊，那标靶中心处赫然几个洞眼，真是真人不露相！

打脱靶的那位虽说退伍多年，可军人的豪爽气质一丝未减，当下摸着自己的光头哈哈笑了起来，说："我说老哥们，还是你行，我服了你啦，对了，你是谁啊？在咱这圈子里，怎么从没听说过有你这么一号人物？"

另几位也一脸服气加探秘地围上来，谁知"教授"轻轻一笑，说："我哪算什么人物，只是一时手痒，见笑见笑，告辞了！"

大伙一听傻了眼，军人讲究的就是个对抗，越是跟高手过招才越过瘾，可现在这位说走就走，也太吊胃口了。望着"教授"远去的背影有人大叫起来："我说，明天还来啊，咱们再比比其他花样。"远远的，那"教授"点了点头，算是同意了。

第二天哥几位又准时会合了，一见面个个心有灵犀地微笑起来，原来大伙胸前全戴上了金光闪闪的勋章，有一位勋章实在太多了，把前胸挂了个满满，其中有在抗美援朝战争中获得的，也有在自卫反击战中获得的。大伙全想到一块了：打枪不如人，那就比战功。

很快"教授"也来了，他胸前只佩戴了一枚不起眼的勋章。老哥们中一位禁不住自豪地说："教授，你枪虽说打得不错，可战功嘛，啧啧……"

另几位也一脸放光地说："我们可都是在枪林弹雨里冲过来的，教授，你莫不是位打猎的神枪手吧？"

大伙笑起来，其中一位忽然住了口，不相信似的瞪圆眼盯着"教授"胸前的那枚勋章,"教授"微微笑着,一任他看,然后只听得那位惊讶至极地大喊起来:"原来是革命老前辈!"

另几位一见这阵势全吃了一惊,个个凑上前一看,只见"教授"胸前那枚孤零零的勋章上的字是"二级解放勋章"。

"二级解放勋章"的授予对象是解放战争中的师级及相当干部,这是何等的资历和荣耀!

可是,尽管大伙一再要求"教授"介绍一下自己,他依然满面歉意地离去了。

第三天大家又如约而来,这回几位老哥们带来的是厚实实的书,原来是他们各自辉煌人生的回忆录。不过这回不是显摆,而是要逼谜一样的"教授"出招,献出回忆录,从而了解他,哥几位的胃口被吊得不能再吊了。

谁知他们等了个空,"教授"没来,接下来也永远消失了,谁也不知道他是谁,住在哪里。

不久他们齐刷刷地出席了一个追悼会,在追悼会上竟意外地与"教授"重逢了,"教授"一身戎装,神色安详地躺在鲜花翠柏丛中。

然后他们知道,"教授"是一位长期战斗在秘密战线的军人,保守秘密成了他一生行动的准绳,至死不渝。

追悼会主持人最后动情地说:"他一生坚守秘密,所以没有回忆录,甚至,用他自己的话来说,他连回忆都没有。"

向着这个没有回忆的人,几位退伍老军人神色庄重地献上神圣的军礼。

一样的爱

阿东长大了,开始跟爸爸一起采药。只有采到好药稀罕药方能挣到钱,而稀罕药总是生长在人迹罕至的悬崖峭壁上,所以采药是个相当危险的行当,可大山里挣钱难,阿东的妈妈又有病,所以唯有爬山采药一条路好走。当决定让阿东学采药时,爸妈禁不住泪水涟涟。

每次爬山前,爸爸总是拿出一根十分结实的尼龙绳,一头拴在自己腰上,另一头牢牢拴在阿东的腰上,然后爸在上,阿东在下,一左一右,爷儿俩像两只壁虎一样开始爬。阿东问爸爸:"为什么要系上绳子?"

爸一脸凝重地回答道:"阿东,干咱们这行全靠山神爷保佑赏碗饭吃吃,万一哪天他老人家打个盹,咱爷儿俩就保不定失脚往下掉,这样一来连在我们中间的绳子就有可能勾刮住突出的树枝山石什么的,即使不能完全勾住,至少也能减缓掉下去的速度,这样子咱就能摔得轻点啦。"

阿东点点头,又问:"那为什么每次都是你在上、我在下?"

爸答道:"你还小,手劲不大,经验不足,所以只能在下面,这样子万一你哪天滑了脚,通过绳子我就可以拉着你,而如果你在上面不小心滑了脚,那下坠的力道将变得很大,我就拉不住你了。"

阿东仔细一想,还真是这个道理,原来一根绳子上系着的是爸爸对自己浓浓的爱意。

可是,这天意外发生了,不是阿东,而是爸爸一个不小心从上面掉了下来,长年的爬高登低严重侵害了爸爸的身体,爸真的老了。

　　爸爸的下坠之力势如奔雷,阿东哪里还能抓得住山石,一眨眼的工夫他被腰间系着的绳子狠狠拽了下去,慌乱之中他看到身下的爸爸竭力摊开四肢,像要拥抱阿东,也像是作最后的告别……

　　爸爸死了,阿东只受了点轻伤,因为爸爸摊开的四肢垫在了他的身体下。

　　一个家庭要在艰苦的大山里生存下去没有个当家男人是不行的,所以当另一个采药男人进入自家时,阿东默默地接受了。阿东知道妈是为他好,也知道新来的男人对自己好,可他就是喊不出那声"爸",他怎么也忘不了爸爸。

　　采药照旧是这个一贫如洗的家庭唯一的生路。那个男人也照旧在他和阿东的腰上牢牢系上一根结实的绳子,这是山里采药人共同的规矩,不过跟以前不同的是,现在的绳子很长。

　　阿东问绳子为什么这么长,男人回答道:"绳子长有两个好处,一是往上爬时,如果两人中间有伸出来的树枝或者石头,短绳子将会被缠绕,从而变得十分麻烦,而长绳子只要两人合力一甩就可以甩过去,这样一来就会省好多事。"

　　阿东一听还真是那么回事,以前跟爸爬山时那短绳确实有些麻烦。

　　男人又说:"绳子长的第二个好处是,万一,我说的是万一有人失手掉下去,长绳子可以让另一个人有充足的时间做出反应。"

　　男人的话句句在理,阿东心服口服,可当要爬山时阿东就从心眼里瞧不起他了,因为男人要阿东在上,他在下。阿东愤愤地想:这就是亲爸和后爸的区别,后爸把危险丢给了我,所以我不喊他"爸"是对的。

　　时间一天天过去了,男人和阿东辛苦采药,日子过得平平淡淡,阿东对男人的感情也平平淡淡,直到这天发生了险情。

　　这天阿东正往上爬,手指抓处忽然冷飕飕、滑腻腻的,不好,碰到蛇了,爬山采药人最怕的就是这个,因为山里蛇多毒。阿东魂都没了,正要做出反应,来不及了,手指突然一阵剧疼,蛇咬了他一口!

剧烈的疼痛加之害怕使得阿东几近崩溃，大叫一声往下就摔，正天地倒转翻江倒海，腰间猛地一紧，他被吊在了半空，是那个男人死死抠住一块石头救了他。

因为治疗及时，毒蛇的那一口无碍大事，倒是男人的十指指甲全部抠翻，鲜血淋漓，可男人笑着说："阿东，现在知道绳子长的好处了吧，它使我有足够的时间抠紧石头哩。"阿东好生过意不去，可心里还是不服："这还不是因为我在上面的缘故，要是你在上面我能抓到蛇吗？"

所以尽管有了救命之恩，阿东还是不肯喊他"爸"。

可是这天又出事了，这就是山里采药人的命。那天本来是件大喜事，两人发现一处不高的悬崖上生长着一株巨大的野人参，这下子好了，因为妈妈的病有家医院能够完全治好，可需要一大笔钱，现在钱就在眼前！

于是阿东在上面爬，男人在下面爬，正爬着阿东听到下面响起一声惊叫："阿东，小心！"

阿东浑身一紧，随即本能地死死抓住一棵小树，刚抓紧，腰间一股大力突地袭来，是下面的男人滑了脚！

男人像根断线的风筝一样悬空晃荡着，并试图靠近山石，阿东使出全身力气抓着小树，只要男人一靠上山体就安全了。就在这时惊恐的一幕发生了，阿东突感有异，再一看，小树的根部正被慢慢拽出来——小树承受不了两人的重量！

阿东嘶声大叫起来："小树就要拽出来了，怎么办？"

话音刚落，阿东看到男人停止了努力，男人似乎愣了一下，然后阿东看到他毫不犹豫地从怀里掏出一样东西，那是一柄锋利的剪刀，他想干什么？

男人闪电般剪断了绳子，刹那间阿东看到他的神色是那么决绝，他随身带着剪刀原来就是为了这个！在阿东的惊呼声里，男人掉了下去。

男人没死，只是摔断了腿，山脚下一堆乱草救了他的命。

在医院里，男人笑着抹去阿东脸上的泪水，说："都男子汉了，淌什么猫尿！我说，现在懂我为什么要在你下面了吧，如果我在你上面，万一掉下来，那股力道你是根本拽不住我的。"

阿东拼命点头，哽咽着说："我懂、全懂了，一长一短不一样的绳子、一上一下不一样的爬山，可全是一样的爱……爸！"

一对诚信人

江海初涉商海，心中牢记父亲嘱托，诚信经营正直做人，可一段时间下来利润微薄举步维艰，而其他耍手腕使诡计的商人却屡屡得逞收益颇丰，这使得他不免对"诚信"二字动摇起来。父亲看在眼里，这天一大早领他到集市上闲逛。

父亲并不多言，只是背着手，好整以暇地信步游走，江海心中纳闷，就在这时父亲在一个小小的摊位前停下了脚步。那是一个蹲着卖鱼的农家少年，说是摊位，其实只有一只面盆，里面养着十几条大大小小活蹦乱跳的各色杂鱼，有草鱼、翘嘴白什么的，每条巴掌大小，看上去很像是野生鱼，很可能是这少年自己下河捉来的。野生鱼味道十分鲜美，一向是父亲的最爱。

父亲开口说道："这些鱼我全要了，多少钱一斤？对了，你的秤呢？"

卖鱼少年有些畏缩地说："我没有秤，不过这些鱼肯定二斤出头，就算二斤吧，一斤算你三块钱，一共六块钱好不好？"

父亲有些吃惊，说："孩子，这些鱼可是野生的啊，野生鱼很贵的，你可不要卖错了。"

少年黑黑的脸有些微红，低声说："不是的，这些鱼是我在家养鱼塘里抓的,不是纯野生鱼。"

父亲当即掏钱买下,又在另一个摊位上秤了一下,二斤半足足的,父亲这时意味深长地对江海说:"看到了吧,这世上还是有诚信之人的。"

江海却不以为然,说:"可是,就是因为诚信,他才少了收入,他本可以挣到更多的钱的。"

父亲还没答话,身后忽然有人怯怯地开口了:"先生、先生,刚才是您买了我儿子的鱼吧?"

父亲和江海诧异地回头一看,问话的是一位胖胖的农妇,她的身后站着那个卖鱼的少年,此刻少年脸更红了,双手不停地搅着衣裳角。

父亲点点头,那农妇一脸难为情地说:"先生,这鱼,我们不卖了,我把钱还给你,你把鱼也还给我好不好?"说着递过那六块钱来。

父子二人一听就明白了,这少年的母亲一定后悔儿子把鱼卖贱了,这些鱼本可以冒充野生鱼卖高价的。

江海的一双眼便直盯着父亲看,眼里别有深意。父亲这下有点恼怒了,好不容易给儿子找了一个标杆,不承想一眨眼的工夫却给这农妇拔了。父亲的话音里便略含了怒气,说:"买卖买卖,一个愿买一个愿卖,还带反悔的吗?"

那少年一听更窘了,把头埋得老低,那农妇也是越发的难为情,终于蚊子哼似的开了口:"先生,不是我们反悔,实是这鱼吃不得,因为这装鱼的面盆是洗脚用的,我儿子不懂规矩,真的对不起!"

这儿的农村人讲究颇多,其中一条认为脚盆是个不洁之物,不能盛放吃食的。

父亲和江海一听面面相视。当少年接过鱼后江海问道:"这些鱼你怎么处理呢?"

少年这回痛快地答道:"放掉,无论卖给谁都不好。"

望着那对母子走远,父亲久久不能挪开目光,最后感叹着说:"江海,你看到了吗?这农妇才是最讲诚信之人,有其母方有其子啊!"

江海却一脸的迷茫,说:"这样一来,这对母子的收入不是更少了吗?难道这就是诚信的代价？"

父亲目光炯炯地看着江海，说："可是，江海，如果你以后再来买鱼的话，会对这对母子的摊位视而不见吗？"

江海眼睛唰的一亮，父亲的话就像道雪亮的闪电，划过他混沌的内心。耳朵内只听得父亲字字用力地说："诚信做人，失去的只是暂时的，得到的一定是长久的；失去的只是一时的物质利益，得到的将是永久的心灵安宁！"

一晃过去了好多年，江海把父亲的这番话牢牢记在心里，更时时记住那对母子，他的生意终于越做越大。

这天，他和商界一位重量级的新秀为一笔相当大的生意展开了谈判，双方越谈越投机，最后成功签约，那新秀诚恳地说："说实话，你开出的条件并不是最优厚的，可我还是愿意把这笔生意给你做，因为我知道，你一向是位诚信之人！"

江海听了万分感慨，说："这得感谢一对卖鱼的母子，"他把当年的往事一一讲了。

那新秀听了激动得不能自持，以至于失态，击节叫道："我就是当年用脚盆装鱼的农家少年……是母亲的光辉一直照耀着我啊！"

老校长的阴谋

正是暑假里，这天姜沟庄小学的老校长周为根迎来了一位重要的客人，负责全乡教育的陈副乡长。

在饭店雅间里,陪陈乡长一瓶五粮液下肚,一桌螃蟹甲鱼一个也不少的酒席一扫光后,两人来到破破烂烂的学校前。陈乡长满面红光,一边剔着牙一边歪斜着眼睛打着饱嗝说:"老周哇,雷雨季节马上就要到了,一想到全乡中小学还有许多危房我就喝不下吃不饱,我真怕它们会倒啊!所以哩,今个我是忙里抽空到你这儿来,看看有什么要我帮忙解决的。对了,你这老周同志可是远近闻名的小气人,我自上任以来还是第一次喝到你的酒哩,今天怎么会舍得弄出这么一桌酒菜?是不是有阴谋?我可跟你有言在先,目前乡财政十分困难,有点钱得把紧要的先安排……"

周为根听了满面堆笑地递过一根烟,点上后说:"乡长大暑天地下来视察,我小意思一下也是应该的,我哪敢耍什么阴谋噢!不过说到危房我倒跟您的想法不一致,我是怕它们在暑假里雷阵雨的冲刷下不倒,等到开学上课的时候反而倒下来,那时可就出大娄子了!"

陈乡长一撇嘴说:"危言耸听,不会这么吓人吧?"

周为根还要说,忽然"啪"的一声脆响,两人冷不丁吓了一跳,掉头一看是几个小男娃在玩鞭炮。老周一见笑了起来,说:"这倒有趣,且让我发下少年狂,"一边说一边立即大步跑过去,竟跟几个小男娃要过一挂小鞭来,用香烟一边点一边说:"教室太烂了,我真怕哪天会砸着娃儿们啊!"然后随手一扔,小鞭恰巧从一间教室开着的窗子扔了进去。

鞭炮立即"噼里啪啦"地暴响起来,陈乡长乐得哈哈大笑,说:"你这老周怎么像个老顽童了……"

他的笑声顿住了,一声巨大的沉闷的响声惊得两人目瞪口呆:那间教室突然轰然倒塌,只砸得尘土飞扬!一挂小鞭竟然震倒了教室!

接着陡响起一声戛然而止的惨叫声!两人的脸"唰"的一下全白了,教室里有人,出人命了!

闻声而至的村民们火速挖掘抢救起来,很快挖出了一具惨不忍睹的尸体——一头大肥猪给砸死了!

周为根这下神气了,跳脚大叫起来:"我说这是谁家的猪啊?竟然养到学校里了！咱学校再破难道还不如个猪圈吗？不行,这猪我得没收,谁有话跟我讲！"

陈乡长依旧神魂未定,嘴里喃喃地直说:"幸亏幸亏,真要是砸着人可就坏了大事了！"可不是吗？马上就要换届选举了,他心里早就瞄着那正乡长一职,要是在这节骨眼上出了大事可就功亏一篑了。

当周为根神速地叫人杀了猪并送上四条肥大的猪腿后,陈乡长终于下定了决心,用力拍拍周为根的肩膀说:"你就等着好消息吧,在秋天开学之前我一定还你个新学校——今天这情景也太刺激了！"

送走陈乡长后周为根背着双手喜滋滋地回了家,谁知一跨进自家的门槛,就听到走娘家刚回来的老伴朝他没头没脑地喊了起来:"我说你这个穷校长刚才干啥去了？咱猪圈里的一头大肥猪被贼娃子偷了知道不知道？"

周为根再也忍不住心中的喜悦,朝老伴莫名其妙地大笑道:"哈哈,当然知道,老夫把它拴在咱学校最破的一间教室里一根最腐烂的大梁上了,贤妻,它今天可大大立了一功,我把鞭炮一扔它大惊之下就把大梁拽断了,然后教室应声而倒！"

老伴一听眼里都要喷火了,喊道:"那猪呢？"

老周一摊手:"当然砸死了,覆巢之下岂有完卵？猪腿送给了陈乡长,猪头猪肉猪下水我当酒菜钱还给饭店了,好家伙,招待陈乡长一顿花了咱家整整一头猪哩。"

"扑通"一声老伴坐地上大哭起来:"死老头子,这日子没法过了,你这样做图的是什么啊？"

周为根眼都笑眯了,说:"一头猪换来一所新学校,你说值不值？"

我就给您打伞

　　女大学生晓晓买好东西刚走出商店,炽热的阳光"哗"的一下洒了她一身,热浪随之扑面拥来,难受死了,要是有把伞就好了。然后晓晓吃惊地看到马路旁戗着一块硬纸板,上面的毛笔字有型有款棱角分明:"擦皮鞋"。

　　摆摊的是一个上了点年纪的妇女,她就这么无遮无挡地曝晒在火热的阳光下,皮肤黝黑汗水满脸。晓晓迟疑了一下,然后快步走过去,在那妇女身边的小马扎上坐下,脱下一只鞋,说:"阿姨,请帮我擦一下!"

　　晓晓没有像别的顾客一样穿着皮鞋让人家擦,她觉得那样做有点气势凛人的味道。那妇女显然体会到了晓晓的意思,用感激的目光看了晓晓一眼,又无声地笑了一笑,然后接过皮鞋,动作娴熟地擦了起来。

　　阳光越来越强烈,晓晓身上汗都出来了,低头看那妇女,更是汗流浃背,那是肯定的,那妇女擦鞋就像在精心加工一件艺术品,专注、用力、细致,那只皮鞋一眨眼的工夫就给擦得锃明瓦亮纤尘不染。

　　晓晓也没闲着,掏出手机轻车熟路地拨通了一个电话,说:"我在校门左侧的一家商店门口擦皮鞋,你立即送把伞给我,我都快要晒黑了。"

　　一忽儿的工夫一个瘦瘦高高的大男孩手里拿着伞快步跑了过来,当跑近时那男孩忽然瞪大了眼睛,然后他黑黑的脸一下子涨得通红。

　　晓晓嗔怪道:"你还傻愣着干什么?快给我打起来啊!"

　　这时那妇女一边用布头来回飞快地荡着晓晓的皮鞋,一边抬起眼下意识地看了男孩一眼,她的动作一下子僵住了,随即低下头去,再次荡起皮鞋来。

晓晓又喊了一句:"东文,快给我打伞啊!"

那个叫东文的男孩"啪"的一声打开伞,慢慢递过去、递过去,可是,他把伞罩在了那妇女的头上,伞下顿时阴凉一片。

晓晓看到那妇女的手抖了一下,然后她抬起头,一脸慈爱地对东文说:"孩子,谢谢你,可你把伞打错地方了。"说着竟颇为严厉地看了一眼东文,那样子像是责怪东文不该给她打伞。

东文犹豫起来,罩在妇女头上的伞又向晓晓的头上移去,忽然又坚定地定在那妇女的头上,同时口里大叫:"我就给您打伞……妈!"

妇女全身一震,却见晓晓一把抢过东文手中的伞,然后端端正正地罩在——依旧是这妇女的头上,语调深情地说:"伯母,还是让我来打伞吧,这伞,原本就是我让您儿子拿来给您打的。我早就认出您了,东文长得跟您也太像了,还有这三个毛笔字,我打老远就一眼认出来了,不是东文的大手笔又是谁的?对了,现在,请伯母把鞋脱下,我也要给您擦一下,您看看我学得快不快。"

晓晓又调皮地对东文说:"告诉你,你刚才要是不认你妈,那我也一定不认你,我就是试试你这家伙的。"

东文"嘿嘿嘿"笑了起来,妈妈眼内闪动着泪花也笑了起来,小小的伞下,顿时变成一个清凉无比的亲情世界。

二十岁的麻花辫

陈玉是校园里公认的一号校花,美丽时尚多才多艺,每天的生活绽放得五彩缤纷,直到有一天忽然什么也看不见了。医生说她的视网膜坏了,得做角膜移植手术,手术很小,问题是角膜却异常的紧张,等到什么时候谁也说不准。

陈玉一下子跌入了无底的深渊中,令人窒息的黑暗取代了原本色彩斑斓的生活。她哪忍受得了这个,哭、闹、摔东西,甚至连死的念头都有了,就在她几乎要发疯时医生告诉她有人愿把一对角膜捐给她。

手术做得很成功,陈玉再次见到光明后的第一件事就是要当面感谢那位好心人。医生说那是个重症患者,目前已生命垂危,正住在医院里。

在一间重症病房里陈玉看到一位岁数和自己差不多大的男孩,黑黑瘦瘦的,看上去十分衰弱,眼睛睁得大大的,可是没有一点儿神采,因为他的角膜在陈玉的眼里。病床四周站着几个人,全是黑瘦憔悴的样子,不用说是这个男孩的家人,他们都是农村人。

陈玉走过去,真诚地说:"谢谢你给我角膜,我能为你做点什么呢?对了,我给你钱好吗?"

话一出口陈玉立即感觉到病者家人投来的充满敌意的眼神,她知道自己错了,他们是很穷,穷人最缺少的确实是钱,但穷人最不在乎的恰恰也是钱,陈玉惶恐起来。

那男孩笑了一下，露出一口洁白的牙，似乎在原谅陈玉说错了话，然后气息微弱地说："我什么也不需要，我是你的校友。"

陈玉明白了，不用说这是她的一个暗恋者，因为暗恋她才愿捐出角膜的，这么一想她就有点心安理得了。不过陈玉心里这样想，口里依旧客气地说："可我真的想为你做点什么啊！"

那男孩听了久久不语，像是在下什么决心似的，然后脸忽然红了一下，用小得几乎听不见的声音说："那么，你能为我扎一天麻花辫吗？"

陈玉一下子愣住了，她想起曾收到过一封信，当时还十分奇怪哩，是谁啊什么年代了还这么老套？打开一看，内面只有一行字："我是你的校友，明天是我二十岁生日，你能为我扎一天——麻花辫吗？"陈玉平日里收到的鲜花、短信、请吃饭的数不胜数，心高气傲的她从来不屑一顾，现在收到这封没头没脑土得掉渣的信自然是随手一扬，扔了。

当下陈玉结结巴巴地说："上次那封信是你写的？唉，我我我……第二天不知怎的就忘了……"

那男孩无力地摇摇手，示意她不必自责，说："我来自农村，贫穷、内向、貌不出众，可我一样也爱美，也会像那些风度翩翩的同学一样有一颗爱你的心。但我写信给你绝不是奢望你能垂青于我，我只是不想让我二十岁生日平平淡淡地度过，只是希望在我二十岁生日那天有个最漂亮的女孩肯为我留下一个最浪漫的回忆，我知道让你为难了……"男孩气息更弱了。

陈玉拼命压抑住自己，说："你等等啊，我这就为你扎麻花辫！"说着一抬手，她那乌黑如云的长发就如瀑布一样飘散下来，然后她急急地扎，急急地扎，她看到男孩眼神越来越暗淡了，她要抓紧他。

还好，陈玉说："同学，麻花辫扎好了，你看！"

那男孩黑黑的脸上露出一丝向往的神色，口中喃喃地说："很美，一定很美！可惜我——看不见！"

陈玉的心重重撞击了一下，她飞快弯下腰，一把抓起那男孩的手，放在她的长辫上，那男孩手指轻颤着无比留恋地摸着、摸着，然后手一垂……

在以后的日子里,在青春时尚的画面中,青青校园里的同学们总是看到有一个最漂亮的女孩扎着一根麻花辫默默地穿行在风中的校园,为了那个二十岁的男孩、为了那些平凡的男孩子。

第九辑

月光下的心愿

少年与水牛 / 生死不离 / 月光下的心愿 /
暑假内的三个真理 / 风雨飘摇的季节 / 青春的怒气 / 最小气的人

少年与水牛

　　黑子是一头半大的黑牛,两只犄角像两弯新月,浑身的短毛乌黑发亮,缓缓移动起来就像一座小山似的。妈妈总是一脸神往地对山子说:"等到冬天黑子长大了就卖掉,这样一来就可以把你爸生前看病借的债还清了,过年时还能给你买一身新衣服。"

　　可是十三岁的山子一点也不想卖掉黑子,因为黑子是他最好的伙伴。暑假里的每一个早晨,清凉的微风里,一人一牛总是一前一后剪影似的一块上山,然后山子给黑子找到最鲜最嫩的蒿草,一边看着黑子伸出长长的舌头一下一下地卷着草,一边看书写作业。作业写累了牛也吃饱了,山子便开始目光闪闪地谈那些奇奇妙妙的梦想:将来有一日他要骑着黑子做一名威风凛凛的冲锋陷阵的将军,还要带着黑子周游全国……黑子哩,每当这时便总是做一个最忠实的听众,乌黑和善的大眼睛一眨也不眨地盯着山子看,不时兴奋地"哞哞"叫几声,像是回应山子。

　　这天刚刚下了一场大暴雨,山子热坏了,便让黑子在一棵大树下独自乘凉,自己"扑通"一声跳进一条清亮亮的小溪里痛痛快快地游了起来。正游着,忽然听到岸上的黑子大叫起来,声音似乎有点急,山子有点纳闷,可他还是游着,就在这时听到身后突然响起打雷似的巨大的轰鸣声,可把山子吓坏了,掉头一看,一股巨大的浑浊的浪头已近在咫尺,原来大雨过后山洪暴发了!

山洪像万马奔腾,带着吓人的声势一下子卷起了山子,一眨眼的工夫冲出老远,山子一连呛了几口水,眼前顿时白茫茫一片,呼吸都困难了,他拼命挥着双臂想抓住什么,可一片大水里又有什么可抓的？山子的意识慢慢模糊了,力气渐渐失去了,就在这时双手碰到一样硬硬的有力的东西,山子立即死死抓住,一任大浪疯狂拍击也不松开。迷迷糊糊之中觉得自个身体一晃一晃的,身边没有了浪头的冲击,耳朵里水声也小了许多,吃力地睁眼一看,哈,不知何时竟趴在黑子那宽厚的背上上了岸,双手死死拽住的正是黑子那弯弯的犄角,是黑子救了自个。

可是,尽管黑子救了山子一条命,尽管冬天还没到,妈妈却要卖掉黑子了,因为山子的小腿摔骨折了。原来山子见妈妈太辛苦,便在喂养黑子之余像那些大男孩一样上山捉起了蜈蚣。山上的毒物很多,蜈蚣是最值钱的一种,翻开一块背阳的石头,往往就会看到一条长长的五花斑斓的蜈蚣在急急地爬,这时手脚敏捷地用筷子挟住了放入袋子中,回到家用小剪子小心地剪开肚子取出内脏,然后晒干了等药材贩子来收,一条大的卖相好的蜈蚣可以值两三块钱哩。山子人小动作不利索,蜈蚣没捉到多少,却被它咬了好几次,疼得山子几天几夜睡不着觉。更可怕的是,运气不好的话,石头下不是蜈蚣,却有可能窜出一条凶恶狰狞的蛇来,吓得山子叫爹喊娘地跑,可就是这样山子还是要捉蜈蚣。可是有一次,山子在躲避一条色彩艳丽的蛇时一不小心踩了个空,小腿重重磕在了一块突起的大石头上,就这样骨折了。

妈妈流着泪央求邻居们把黑子卖了,邻居们舍不得,说:"黑子还没长大哩,现在卖了真是太可惜了。"妈妈说:"不卖的话哪来的钱给山子治腿啊。"山子听了大叫起来:"妈,不许卖黑子,你要是卖了它,我就不治腿了,"说着倔强地要从床上爬起来,才一动弹就"唉哟唉哟"地大叫起来。

邻居们实在看不下去了,个个抢着说:"山子别动,不卖黑子了,山子妈,钱的事,我们来想办法。"妈听了眼泪流得更多了,说:"以前山子爸借的钱还没还给你们哩,现在又要借钱了……"

邻居们立即他三十你五十的凑了钱送山子去了医院,山子的腿终于保住了,出院后的第一件事就是找到他的黑子。啊,二十多天不见黑子瘦了,原来一身的键子肉现在消失了好多,背上还露出了大大的骨架。是因为想念我吗? 山子一把搂着黑子的脖子,把自个的小脸贴上去不住地摩挲,嘴里不停地说:"黑子、黑子,我可想死你了!"黑子哩,也是一个劲地和山子亲热着,还轻声"哞哞"地叫个不停。

山子想尽快让黑子壮起来,于是比以前更加细心地伺候黑子了。他总是找到最鲜嫩最齐整的草、最干净最甜美的水让黑子吃喝,还一刻不停地帮黑子驱赶牛虻苍蝇,可就是这样黑子还是一天天瘦下去了,胃口也越来越差。山子和妈妈给黑子请了好多兽医,吃了好多药,可黑子越发瘦了,身上的肋骨可以一根根地数出来,脊梁更是耸起老高,一身的黑毛一点光泽也没有了。原本亮亮的大眼睛里却越来越流露出异样的神情来,这神情只有山子懂,那叫哀伤。

村子里有一个长年贩牛的大叔,在看了黑子后对山子娘儿俩说:"趁着黑子身上还有几两肉还是抓紧卖了它吧,不卖的话,再过几天肉就熬干了,那时就一分钱不值了。"妈还没开口山子就抱着黑子的头跺着脚大喊起来:"你瞎说,黑子会好起来的,谁也不许卖它。"妈妈听了叹口气,就再也不提卖黑子的话了。

可是这天山子主动要求卖掉黑子,因为妈妈病了,妈妈得的是胆结石,疼起来脸色蜡黄,汗珠子像黄豆一样大,半步也不能动弹,医生说这病不难治,开刀动个手术就好了。山子要黑子,可更要妈妈,他只好卖掉黑子换钱了。

可是这时的黑子已瘦得只剩一张皮,站都站不起来,牛贩子们只远远地看一眼就摇摇头走了,没有人愿意买下一头没有肉的牛的。邻居们流着眼泪说:"山子娘儿俩命真苦啊!"便跟山子说:"山子,要不,我们找人把黑子杀了吧,只要有一两肉我们也买下,也算给你妈凑点钱好不好?"山子听了心如刀绞,可还是答应了。

在杀掉黑子的前一天夜里,山子最后一次割来了散发着清香的蒿草,又把木桶打满了最干净的水。邻居大哥见了不忍,送来了几条刚刚捉到的鳝鱼,山子便请婶婶们把鳝鱼剁成了红红的鱼糊糊,一起放在黑子的嘴边,说:"黑子,你快吃点吧!"山子的眼泪"叮咚叮咚"地落入了水桶里。

黑子张张嘴,似乎想叫两声,可是没有发出声音,只是伸出长长的舌头卷了几根草,又把舌头伸进水里舔了几下,再轻轻碰了一下鱼糊糊,就再也不动嘴了。山子懂了,黑子这是在安慰他哩。

然后,十三岁的山子搂着黑子说了一夜的话,那全是一些奇奇妙妙的幻想:他做将军,黑子做坐骑,一人一牛所向无敌、周游全世界……

第二天,杀牛的人来了,山子躲在妈妈的怀里不敢出来,还让妈妈捂住自己的耳朵。妈妈搂住抖得像筛子一样的山子说:"山子别怕,黑子这是上天享福哩,它不疼的,说不定它早些投胎转世后还能和你做个好朋友哩。"

山子怕黑子惨叫、怕黑子挣扎,可是外面一点动静也没有,黑子乖极了,任人家宰杀。然后山子听到杀牛的人惊讶地大叫起来:"牛淌眼泪了!牛淌眼泪了!"

不知过了多长时间,怕有一年那么长吧,山子还在抖着,忽然听到杀牛的人再次大叫起来:"这是什么啊?天,是牛黄啊!"

后来山子才知道黑子的肚子里长了一块大大的牛黄,再后来牛黄卖了好多好多钱,比一头成年牛卖的钱多多了。山子想:原来黑子是特意生病的啊,它就是为了能长出一块牛黄来送给山子和妈妈,是吗,我的黑子?

妈妈有钱动手术了,家里欠下的债也还清了,可山子一点也不高兴,他常常一个人坐在一处新坟旁发呆,新坟四周长着最鲜最嫩的草、流着最干净最清亮的小溪。那坟里埋着黑子的两个新月似的角,更埋葬着少年山子最纯真的伙伴,一段最难忘的岁月……

生死不离

　　十二岁的山子又到山里摘了好多山核桃,大人们总是不让他进山,因为山里危险,还怕年幼的山子迷路,可山子总是不听,他不想一直依赖别人。

　　山子揣着核桃喜滋滋地走着,正盘算着这些山货能卖多少钱,忽然听到几声小狗发出的尖叫声,随即迎面一颠一颠地冲过来一只脏兮兮的小花狗,接着几个跟山子差不多大的小子惊天动地地追了过来,一边追一边大呼小叫:"打死它,打死这只癞皮狗!"

　　山子知道这帮浑小子又在挑猫惹狗了,他皱皱眉本想走开,身后忽然响起哀鸣声,回头一看,却见那只小狗一条腿耷拉着,估计是给浑小子们砸断了,此刻口吐白沫实在跑不动了,望着山子眼里满是可怜巴巴的样子。

　　山子心尖尖忽然一疼,随即像只母鸡一样张开双臂,朝跑过来的小子们奋力喊道:"不许打它!"

　　小子们哪里听他,个个不依不饶地尖叫道:"山子,让开,这狗是只癞皮狗,丑死了,让我们打死它。"

　　小子们叫着要推开山子,山子身后的小狗叫得更凄惨了,山子用力抵抗着,着急地说:"我给你们山核桃好不好?你们就放了可怜的小狗吧!"

　　山核桃是山子费了老大力气才摘来的好东西,小子们一听顿时顾不上打狗了,个个伸手正要接,忽听得有人喝道:"不许拿山子的核桃!"

　　小子们吃惊地回头一看,是留着山羊胡子的山杠爷走了过来,山杠爷问山子:"山子,告诉爷爷,你为什么要保护这条小狗啊?"

山子慢慢蹲下身,把小花狗一把搂在怀里,小狗低低地呜咽着,山子低声说:"因为它跟我一样,没有爹娘。"

那几个浑小子一听不吱声了,是的,山子的爸前几年得病死了,他妈苦捱了几年,实在受不了这份穷,便跟人跑了,只留下山子一个人过,是山杠爷和村里人收留了他。

山杠爷叹口气,说:"那就让它跟你做个伴吧,浑小子们,以后不准再欺侮这只狗,否则我饶不了你们,听到没有?"

山子叫小花狗"花花",他忙不迭地抱着花花来到卫生室,央求人家给花花正了骨上了夹板。花花先是吓坏了,在人家手里汪汪大叫着拼命挣扎,山子忙摸摸花花的头说:"花花,叔这是救你哩,"说也奇怪,花花一听就不闹了,看得大人们啧啧称奇,说:"这小狗跟山子有缘哩。"

等花花的腿伤好了后,山子又跟人家讨来药水,一遍遍地给花花洗身体,一天天过去了,花花长成了一只皮光水滑的结实好看的狗。

从此以后山子就有一个最好的伙伴了,每天他带了花花上山,然后他找山核桃、榛子什么的。花花哩,就像一个忠心耿耿的警卫一样保护着山子,无论山子走到哪儿,花花便跟到哪儿,一步不离三寸,花花特认得路,从此以后山子再也不怕迷路了。有一次脚边的花花突然朝前疯狂地大叫起来,山子知道不妙,连忙住了脚,仔细一看,前面有条蛇正昂起恐怖的三角头来,可吓死人了。

山子还高兴地发现花花灵巧极了,磨合的次数多了,山子只要一个手势它就能明白其中的意思,山子爱死它了。

就这样,山子的日子虽说贫苦,但因为有了花花,倒也快快乐乐的。可是有一天,村里接到了上级通知,说是因为近段时间远近城乡总有狗咬人,导致狂犬病呈急剧上升态势,所以狗必须一概打死,不得遗漏一只。

村里不敢怠慢,立即成立了打狗队,见狗打狗无一脱逃,一时间耳朵里成天是狗的惨叫声,花花听到了,吓得夹着尾巴躲在屋内不停地呜咽,似乎感觉到大祸临头了。山子见了心尖尖又疼了,便去求山杠爷跟打狗队求情饶了花花一命,山杠爷在村里辈份最长,谁都听他的。山杠爷听了难过地摸摸他的头,说:"山子,别的爷爷都能答应你,就这个不行啊,这是上级的死命令,再说了,万一花花咬了人传染上狂犬病,可就惹下大祸了,听说只要一耽误,就再也治不好哩,花花虽说重要,可人命更重要,山子,你是懂事的孩子是不是?"

山子绝望了,他知道这回花花的命运无可避免了,听着越来越近的狗的惨叫声,一想到可爱的花花也将死于打狗队无情的棍棒下,山子心如刀绞,望着怀里瑟瑟发抖的花花,他忽然有了主意。

晚上,大伙都睡了,山村的夜晚万籁俱寂,山子领着花花进了山,他想起山里有一间守林人早已废弃不用的小木屋,他要把花花藏在那儿躲过一劫。

当山子舍下花花要走时,花花口里呜呜地叫着,然后跑了出来跟在山子后面,山子不停地说:"花花,我不是不要你,我是要你暂时躲一会儿,你放心,我会天天带好吃的给你的,等打狗队一散了就带你回家。"

可是花花这回比牛还犟,只要山子前脚一走,花花后脚便跟了上来,到最后山子实在没办法了,只好"恶狠狠"地大叫道:"你再跟着我,我就真的不要你了。"说着还拾起地上的石块假装砸花花,这回花花停住了。

山子一步一回头地回到自个屋内,心里觉得空空的,正要躺下,忽听到外面有声音,深更半夜的这是谁啊?山子再一听,是爪子抓在门板上的声音,还有呜呜的声音,他赶紧开门一看,只见清亮亮的月光下,花花正定定地看着自己,它大大的眼睛里也是清亮亮的……山子一把搂住了花花。

可是,山子还是把花花送回了小木屋,为了防止花花再回来,山子索性同花花一起住进了小木屋,这下花花安全了。这真是个绝妙的主意,一人一狗快乐极了。

这天山子带着花花进了山林深处,因为山货越来越不好找了,而开学在即,山子不想再看到山杠爷摸出一个一个的硬币为他交学费、买文具了,他要自个挣钱买。

山林深处真的有好多收获,山子高兴极了,连花花一再发出的警告声也听而不闻,花花似乎有点焦躁,不住地咬山子的裤脚往回拽,可山子眼里只有新书包、新铅笔,不肯听它的。

忽然山子一声惊呼,然后又是一声惨叫,他跌进了一个陷阱!陷阱原本是猎人挖的,现在不允许打猎,所以废弃不用了,可坑还在,而且内面还有削得尖尖的竹子,现在山子的小腿就被一根竹尖划破了一个大口子,更要命的是,他的右腿扭曲着,骨折了。

山子疼得不得了,鲜红的血流了一地,花花汪汪大叫着,一纵身跳进了陷阱里,然后一口咬住山子的衣服往外拖,它又哪里拖得动,可它还是埋下屁股使命拖。

山子想爬出坑,谁知一动就钻心的疼,他看到花花的嘴里流出了血,那是花花撕咬竹子的结果,愤怒的花花知道是竹子害了它最好的伙伴。

山子挣扎着拉住花花,说:"花花,这没用的,你快回去叫人,叫山杠爷,迟了我就没命了。"

花花当然懂山子在说什么,可是,以往百依百顺的花花这回眼里流露出迟疑的样子来,山子又说了一遍,还不停地做手势,这一用力扯疼了伤处,山子又唉哟唉哟地叫了起来。

花花见山子如此痛楚,它不再犹豫了,从坑里飞身一跃而上。

不知过了多久,因为疼痛、更因为失血过多的山子正迷迷糊糊的,忽然感觉到有人轻抚着他,是山杠爷来了,有救了!

山子惊喜地睁眼一看,随即大失所望,不是山杠爷,而是花花在舔自个,然后山子看到花花的身边有两个煮熟了的喷香的玉米棒子。

原来花花没有叫人,而是找来了吃的东西,山子一下子愤怒了,指着花花叫道:"花花,我让你叫山杠爷,你竟然偷懒,你滚、滚,你不是我的伙伴!"

山子伤心地大叫着,渐渐的,他的声音越来越微弱了。花花听了他的责骂一动也不动,无声地看着小主人,然后眼里再次流露出清亮亮的光来,最后,花花再次一跃而起,在坑口,花花回过头再次认真地看了看山子,掉过头一步一步地跑了,直至再也看不见。

这时村里打狗队正排查着还有没有漏网之狗,排来排去还差一条狗,这样不行,即使漏了一条狗也会被上级严厉批评的,而且奖金也一分拿不到。那么那条狗又在哪儿呢?就在这时他们面前神话般出现了一条狗,大伙一下子惊跳起来,说:"哈,送上门了,太好了,这下可以圆满完成任务啦!"

这只狗正是花花,它已在村里悄悄地找了好几圈,可是始终找不到山杠爷,原来山杠爷到山那边的闺女家了,可是山子不能等了,于是在曾经让它魂飞魄散的打狗队员面前,花花现了身。

接下来花花在前跑,打狗队员们在后紧追,然后队员们惊讶地发现,眼前的这只狗并不像别的狗那样跑得慌不择路、跑得尿屎齐流,眼前的狗不急不慢、步履坚定、目标明确,而且边跑还边等他们,这是只傻狗。

可是大伙就是追不上狗,有好几次绳套差点儿就套住花花了,却被花花灵巧地一闪避开了,大伙嘴里一边大叫道:"这狗成精了。"一边杀心大起,追得更紧了。

就这样人和狗一直追进了山,这时有人叫了起来:"不能让狗进了山,否则就找不到它了,拿枪来!"

原来打狗队是配猎枪的,很快有人端起了枪,"砰"的一声暴响,花花光洁的身上突然皮毛四散,绽开了好几朵血花,然后一头栽倒在地。

大伙大喜,加快脚步上前,就在快要触摸到花花的时候,花花却一跃而起,东倒西歪地往前又跑,身后洒下一路红得刺眼的血雨。

大伙惊呆了,这是什么狗有如此旺盛的生命力?于是大伙发力再追,追啊追,越追越心寒,他们看到那杀伤力极大的猎枪把前面那条狗的肚子都打穿了,肠子拖了一地,可狗仍在跑。

最后那千疮百孔的花狗终于倒下了,倒在一个坑边,当大伙气喘吁吁地上前时,赫然看到坑里有一个人,那是已经昏迷不醒的山子,此时花花的眼内满是欣慰之色……

醒来后的山子明白了花花为什么才开始不听他的命令,不肯去叫人,因为花花知道它进村叫人就是个死。

瘦弱的少年拒绝了别人的帮忙,一锹土一锹土,把花花深深地埋了,埋葬了他生死不离的伙伴、唯一的亲人,埋葬了纯美而又痛楚的一段记忆。备尝人世艰辛却从未流过泪的山子一边埋一边哭,说:"花花、花花,是我害了你,你为什么这么傻啊?"

月光下的心愿

终于放暑假了,这原本是孩子们最快乐的季节,刘小雨却一点高兴劲也没有,因为周老师就要离开他们进城治病了。周老师今年才五十多,头发却花白了好多,个子又高又瘦,刚刚查出得了严重的肺病,所以学校"强行"要求周老师进城看病。听大人们讲,周老师之所以会得肺病,就是因为粉笔灰吃得太多了,吃了一辈子,得的是职业病。大人们还叹着气说,得了这种病治疗时间不会短的,即使治好怕也不能教学了,十有八九要提前退休。大人们最后总是这样结尾:唉,周老师真是个难得的好老师啊!

周老师进城治病是好事,治好了老师就不会再在讲台上咳得腰弯到地了,这道理刘小雨懂,可他心里还是很难过,他真的舍不得老师走。

正是初夏的夜晚,刘小雨躺在床上翻来覆去地睡不着觉,抬头看看窗外,月光照耀下就像白天一样,他索性悄悄起了床来到了屋外。正漫无目的地乱逛着,忽然看到前面有一个人埋头急匆匆地走着,借着月光一看,那不是同学刘超吗?这么晚了他不睡觉干什么?

小雨的脑子内忽然冒出一个恶作剧的想法:躲在树后冷不丁吓刘超一

下。正要上前行动,月光下看到刘超的手上拎着一大堆蓬松松亮晶晶的东西,像是鱼网,不过模模糊糊的看不真切。他拿鱼网干什么?先跟上再说。

小雨立即轻手轻脚地跟在刘超后面,很快两人一前一后进了树林,然后看到刘超像猴子一样爬上树,扎好网,又爬上另一棵树,再扎上网的另一头。小雨一见之下大吃一惊,原来那不是鱼网,而是鸟网,刘超竟要捕鸟!

小雨正吃惊,却见刘超已使出吃奶的力气朝一棵棵树又是蹬又是摇的,这一招可真灵,剧烈摇晃的树上顿时"扑喇喇"响成一片,无数只正做着好梦的鸟儿慌乱之下腾空而起乱飞乱撞,很快就撞上了网,顿时被死死黏住了,一时哀鸣四起羽毛凌乱飞扬。小雨知道,好多鸟儿都患有夜盲症,何况那鸟网是透明的尼龙网,即使是白天鸟儿也会撞上去的。

刘超见上网的鸟差不多了,便又上树解下网,然后把一只只鸟小心取下来,放入随身带的尿素袋中,再把沉甸甸的袋子甩上肩,正要开步走,小雨拦住了他。

小雨气愤地指着刘超说:"刘超,你竟敢偷偷捕鸟,周老师一再教育我们要保护环境爱护动物,你忘了吗?我这就告诉周老师去!"说着转身就走。刚迈开步,就听到身后的刘超竟带着哭腔连声叫了起来:"小雨、小雨,求求你不要告诉老师,好吗?"

小雨转过身说:"原来你也害怕周老师处罚你啊,不行,这事太大了,我一定要告诉!"

刘超低下头,说:"我不是怕周老师处罚我,而是怕他生气。小雨,你知道吗,周老师得了严重的肺病,他不能生气啊!"

小雨一听就有些奇怪了,问他:"你既然怕老师生气,又为什么要捕鸟呢?"

刘超说:"我捕鸟不是为了自己吃,更不是为了卖钱,而是为了治老师的病,老师的病治好了就不会离开我们了。我听大人们说,小鸟的肉对治肺病很好哩,所以我就来捕鸟了,不瞒你说,刚才把鸟捉住的时候,我心里可难过了。"

原来刘超跟自己想到一块了,他也有着同样的心愿。小雨上前低声说:

"这么说我原谅你了,只是小鸟太可怜了,小鸟,对不起!"

此刻月光像水一样清亮,两个少年正抬着袋子往回走,忽然听到旁边有人在剧烈地咳嗽,一听这咳声两人立时停了脚,这不是周老师吗?

周老师好容易止住了咳,抬起头来也发现了他们,便温和地问:"我说,小雨、小超,深更半夜的你们不睡觉在干什么呢?"

小雨连忙上前说:"周老师,屋内热,我们睡不着觉,出来玩玩哩,老师,您这么晚了还没睡啊?"

月光下听到周老师微微叹了一口气,幽幽地说:"是啊,老师也睡不着觉,我马上要进城治病了,也不知道要治多长时间,真有点舍不得离开你们哩,不过你们放心,一等病好我还会回来的,不跟学生们在一起还叫老师吗?唉,时间过得真快啊,一晃教了三十多年了……这是什么声音?"

原来袋子里鸟儿突然骚动起来,发出一阵阵的扑腾声,两个孩子一下子回过味来,糟了!

周老师随即发现了刘超手上拎的鸟网,语气顿时严厉起来,说:"这不是鸟网吗?我说,你们刚才是不是进林子捕鸟去了?"

刘超一时又急又怕,说:"老师,不是这样的……"

周老师真的生气了,大声说:"事实就在面前还不承认!你们太令我失望了……"周老师又剧烈咳了起来。

小雨也急了,他不要老师咳嗽,便老老实实地回答说:"老师,刘超说鸟肉吃了能治您的肺病,所以他就捕鸟了,周老师,这事我也有责任,因为我看见了他张网捕鸟没有制止他,可是,您一定得吃了这鸟,我们俩、所有同学,还有所有的大人们都有一个共同的心愿,就是希望您早点回来啊!"

周老师止住了咳,慢慢直起腰来,把两只手放在两个孩子的头上,好久好久才说:"老师是绝对不会吃鸟儿的,你们想,多么可爱的小生灵啊,它们给我们带来了多少生机、多少美丽,老师又怎么舍得下口吃呢?所以,现在我提议,我们这就放了它们好不好?"

小雨和刘超一听虽说舍不得,可还是大声说:"行,我们听老师的。"

两个孩子当即手忙脚乱地打开袋子,又是一阵飞翔声,这回是欢快的飞翔声。眼见着鸟儿们直向远处黑黝黝的林子飞去了,可是,还有好几只鸟只是扑腾着翅膀却没有飞起来,两个孩子惊讶地低头一看,原来这些鸟儿先前被鸟网粘着时受了重伤,此刻只能哀哀鸣叫着,只怕活不长了。

两个孩子立即"呜呜"哭了起来,刘超双手捧着鸟儿跺着脚说:"都怪我,可怜的鸟儿,是我害死了你们,我是凶手,老师,您就处罚我吧!"

原来村里有一条乡规民约,而这乡规民约就是村里请周老师立的,其中一条是:谁要是杀死了一只鸟,罚款一块钱。

周老师用力点了一下头,说:"处罚是应该的,可是你们是我的学生,学生出了差错就该是老师的责任,所以这钱该罚我的,让我数一下……一共是九只受重伤的鸟,该罚九块钱,小雨、小超,老师的眼睛不好,你们帮我数一下钱,明天一大早就交到村委会去,再把这些鸟儿埋了,代我向它们郑重地道个歉,毕竟它们是因为我而死!"周老师说着掏出钱来。

如水一样、如心灵一样清澈的月光下,两个少年像做一道最难的数学题一样,认认真真地数着那一枚枚亮晶晶的硬币,声音虔诚极了:"一块、两块……"

暑假内的三个真理

高一学生韩斌一直想拥有一辆电瓶车,每次望着同学们骑着色彩斑斓的各式电瓶车潇洒来去,再看看自己那辆黑不溜秋、土得掉渣的自行车,韩斌就觉得低人一等,说实话如今校园里骑自行车的真是凤毛麟角了。而这天照镜子时,换车的愿望就更强烈了。那面大镜子就摆放在教学楼入口处,是让同学们正衣冠用的,这天韩斌往镜子里一瞧时忍不住暗吃一惊,只见镜子中的自己弯腰佝背精神不振,简直像个小老头。

这完全是没有电瓶车的缘故,没有电瓶车心底就自卑,时间一长不知不觉的背就驼了。

可是韩斌清楚地知道爸妈绝不会花费巨资给自己买车的,家里的经济情况他是一清二楚,一番思量之后他作出一个相当艰难的决定。

这是放暑假的第一天,韩斌一大早醒来,推了那辆咯吱作响的自行车往外就走,爸妈见了一迭声地问道:"小斌你早饭还没吃,干什么去?"

韩斌说:"我跟一家大卖场说好了,给人家发小广告去。"

爸妈一听吃惊极了,忙又问:"怎么想起干这个?"

韩斌神情坚定地说:"挣钱呗,我要靠自个的双手买辆电瓶车。"

爸妈一听面面相觑说不出话来,还要阻止,韩斌已走远了。

本以为发小广告是个轻松活,等开始做韩斌才知道有点想当然了,热和辛苦还能忍受,就怕人家不领情,满面笑容地递上小广告,谁知人家却翻他一白眼,更有甚者,有人还骂声"讨厌"。而这一切还不是最怕的,最怕的就是遇上熟人,尤其怕遇上同学,要是让同学看到那多难为情啊。

谁知怕什么就遇上什么,韩斌正胆战心惊地干着,忽然听到有人脆生生地喊道:"韩东!"

韩东心一颤,不情愿地转头一看,天啦,是蒋倩倩,蒋倩倩是全班最漂亮的一个女生……

蒋倩倩瞪着一双满含惊异的眼睛,说:"韩东,你发小广告?"

韩东的脸顿时红得像泼了血,恨不得找条地缝钻进去,蒋倩倩又开腔了:"韩东,我太佩服你啦,告诉你我一直想锻炼一下自己,可就是没有勇气迈出第一步。据我所知其他同学也想这么做,可谁也不敢真的行动起来,现在韩东,你已是我们班中最最勇敢的人——你可以让我也发一会儿吗?"

韩东简直不敢相信自己的耳朵,正不知所措,蒋倩倩已从他手中拿过一叠小广告,然后红着脸向一个行人递出了一张,当那行人走远后蒋倩倩忍不住低声欢呼起来:"成功喽,我也敢参加暑假社会实践喽!谢谢你韩东,是你带动我这么做的。"

韩东傻傻地看着,慢慢的他明白了一个道理:原来并没有人看不起劳动者,哪怕是发小广告的。

有了这个良好的开头,接下来韩东不仅落落大方地散发小广告,还到各式各样的场合打短工,例如酒店传菜工、超市理货员、送外卖、洗车。因为蒋倩倩,这个暑假韩东过得十分快乐。

可是并不是每天都能找到活干的,所以暑假要结束时韩东发现自己挣的钱并不多,再打工已来不及了,这可怎么办?

望着愁眉苦脸的儿子,爸爸默默地递过一沓子钞票来,韩东忙说:"爸,这钱我不要,你的工资除了家里生活开支,妈妈还要吃药,一分都不能乱花的……"

妈妈含笑把钱塞在韩东手里,说:"这钱并不是你爸的工资收入,他跟你学习也打了短工,是外快钱,你就拿去买车吧。"

韩东吃了一惊,爸的工作强度那么大,还有力气再打工?他不禁认真看了看爸,啊,爸面容更憔悴、背也更驼了!

至此韩东明白了第二个道理:原来自己把背挺直的代价是——爸的背必须承担更多的压力。

开学了,韩东揣着钱骑着自行车来到学校,他想认真观察一下同学们的电瓶车,从而买辆时尚好看的。韩东的心情好得很,因为他也将拥有电动车了,而买车的钱大部分是靠自己的双手挣来的。当和同学们绚丽多彩的电瓶车一路同行进入校园、架入车棚时,韩东意外地发现并没有人对他的破烂自行车多看一眼,可是以前怎么总觉得同学们会注目自己的自行车,并在暗中嘲笑呢?

当韩东在教学楼底照镜子时,他更是吃了一惊:镜中的自己腰杆笔直如标枪,满脸自信、满脸的神采飞扬!

自己的背什么时候挺直了？这是怎么回事？

这回韩东想了好久，忽然之间就明白了第三个道理：原来自信是最绚烂的青春旋律。

当然啦，接下来韩东并没有买电动车，他把钱全让妈存了起来。爸妈满脸快乐地笑，说："也好、也好，这钱存着给你上大学用。"

韩东却意气风发地说："才不哩，这钱是给妈增加营养用的，至于上大学的钱，我不会再挣吗？"

这个暑假韩东过得充实极了，因为他明白了三个真理，更因为，自己真真切切地长大了。

风雨飘摇的季节

学习越来越紧张了，天天是做不完的试题、熬不完的夜，再加之老师和家长的呵斥，这一切让我们时时刻刻感受到人间地狱的真实情形，度日如年的我们快要崩溃了，变得愤世嫉俗起来。

我们愤嫉的人首推刘胖子。刘胖子是班主任，也是我们从学以来见过的最罗嗦、最残酷、最无人性、最有魔鬼性的老师。当这种感觉积累到一定程度无可发泄时，我们几个决定给他一点颜色看看。正当我们鬼鬼祟祟地商量是放他自行车的气还是采取更严厉的手段时，一件突如其来的事改变了我们对刘胖子，以及许多事情的看法。

那天上午的第一课是数学课，也正是刘胖子的课。上课铃已响了十几分钟了,可刘胖子还没有出现在教室门口,这可是亘古未有之事啊,难道发生什么事了?

正议论着,刘胖子出现了,他不像往常一样气宇轩昂大步流星,而是神态黯淡步履沉重,手里也没有抱着一摞令人望而生畏的参考书和教学工具。教室里一下子鸦雀无声,每个人似乎都预感到会有不测的事发生。

终于,刘胖子声音沙哑地开口了:"同学们……同学们,跟你们说一件不幸的事……你们的同学,赵波,在刚才上学的路上遭遇了车祸……我刚从医院回来,她已离开了我们……"

所有稚嫩的心"突"的一下全飞了,所有的目光"唰"的一下转向赵波的座位,空的。我们的思维一下子迷糊了、迟钝了、空白了,赵波,就是那个美丽的、爱穿一件紫色裙子、一头短发、青春逼人的女孩吗?她……离开了我们?离开又是什么意思呢?

我们的茫然忽然被一个奇怪的声音彻底震醒过来,那是刘胖子竭力压抑的抽泣声,这样冷酷的人竟然会哭?我们面面相觑。好久他长长叹了一口气,摘下眼镜擦擦眼睛说:"老师心疼啊!这世上还有什么比花季少年香销玉殒更让人心疼呢?昨天她还和你们一起学习、打闹、做着七彩的梦,可今天已……同学们,青春易逝,一去将永不再来,所以要抓紧、真的要抓紧啊!"

我们终于明白发生了什么事:我们将永远见不到一位曾经朝夕相处的同学了,永远!

泪水顿时从眼里恣意狂涌出来,那一刻,每颗心都在抽搐、在作疼!我们生平第一次感受到死亡带来的震撼、第一次感受到人生的残酷。

刘胖子,不,刘老师望着我们又说:"你们是青春、是希望、是未来,是一位又一位老师手把手多年传递过来的接力棒。现在这接力棒到了我手里,也到了很关键的一跑,所以我不敢有丝毫懈怠,只能成功,唯恐失败;所以爱之深责之切;所以赵波同学的死才让我痛彻心扉!"

从那以后我们发觉自己忽地长大了,似乎一下子懂得了许多道理,原来少年时代的轻狂和愤懑只是一艘飘摇的小舟,一心想在浩瀚的大海上自在漂泊浪迹天涯,殊不知那些羁绊、那些束缚正是引导我们前行的风帆和缆缰!

青春的怒气

最近家里挺压抑的,爸妈脸色都不好,经常背着我小声谈话,尽管不让我听到,但从他们偶尔漏出的只言片语中,我还是隐约听到一个不好的结果:爸所在的公司要破产倒闭了,这意味着四十好几的爸即将失业。

爸还在一天天上着班,样子越来越疲惫,我诧异地闻到爸身上有股好闻的甜香,也不知是什么味道,这股味道是哪来的呢?而爸的脸色越来越阴沉,怕是离失业的日子越来越近了,我也越发担心起来。可这还不是最坏的,最坏的是我越来越爱上网吧,尽管马上就要高考了。高考前的气氛令人窒息,加之一连两次摸底考试我发挥得都不好,这使得我越来越沉迷于虚拟的世界,只有在那里我才可以纵情驰骋,所向披靡。在这样双重压力下,我越来越愤闷。

终于有一天爸发起火来,因为老师把我的近况告诉了他,结果我被结结实实地揍了一顿。

我胸中压抑已久的怒火被逗发出来,我想大叫、想发泄,可是这股莫名的邪火又朝谁发呢?这天出门上学的时候,我找到了目标。

那是一个卖水果的外地人,他交不起摊位费,又不敢惹城管,恰好我家

临近街口,他便跟我爸商量,让他靠着我家的一面墙摆个摊位,我爸当时一口同意了,并且烟瘾极大的爸坚决推回他递过来的一包好烟。

我每天上学都要经过他的摊位,摊主每次看到我总是一脸讨好的笑。而今天当他再次对我露齿而笑时,我忽然深深讨厌起他那虚假、黝黑的笑容来。

我走过去恶狠狠地说:"听着,这是我家的墙,从明天开始不许你占用。"

贩子听了满脸的笑容一下子冰冻了,我看也不看,扬长而去,这一刻我心里压抑多时的愤闷好像一扫而空,畅快极了,以前老师、家长谁都能欺负我,现在我也可以欺负别人了。

晚上放学回到家发现爸的脸色难看得吓人,能拧出水来,爸怒气冲冲地吼道:"听说你要撵人家走,有没有这回事?"

我暗怒,这家伙怎么跟老师一样就爱告状?耳边爸又吼道:"人家混个饭吃容易吗?碍你什么事了?你就不会尊重人吗?"

我表面上臣服了,可心里怒火更甚,这事没完!

第二天下午学校要开运动会,便早早放了学,这是我们的黄金时光,因为可以到网吧内痛痛快快地大干一场了,而老师和家长将一点也不知情。

不过在此之前我没忘了一件事。我先独自一人回家来到那水果摊前,不出所料,那家伙一见我的面就紧张起来。

我一笑,分外亲切地挑选水果,一边有一句没一句地东拉西扯,就在他转身弯腰分外殷勤地为我挑选最好的水果时,几辆电瓶车风一般驶过来,一下子撞翻了摊位,五颜六色的水果摔了一地,几辆电瓶车丝毫没停,反而加速而逃,摊主大惊,刚要起身追赶,却被我一把拉住了。

我叫道:"你给我挑的水果呢?"

摊主急得直蹦,说:"马上给你,你先松手……"

我手上暗暗用力,拉得更紧了,摊主忽然不急也不扯了,因为几辆电瓶车已跑远不见,摊主用一种无奈的目光看我一眼,叹口气,弯腰拾起水果来,好多水果已摔烂了。

我心里忽一颤,刹那间我读出摊主的眼内还有一种意味,那叫忧伤,或许还有屈辱。

我想摊主已猜到了,那几位骑电瓶车的是我叫来的同学。

在城北山脚下,我们兴奋地会合了,决定先爬山再进网吧,自进入紧张至极的高三以来,这处风光分外优美的景点我们便从未来过。

山上山下游客多极了,当我们大呼小叫地爬上山顶后我决定请客,因为大伙刚才帮我出了气。那请大伙吃什么呢?有个同学像发现新大陆似地尖叫起来:"那儿有卖熟玉米的,就吃玉米吧。"

然后我闻到一股甜香,那是熟玉米的味道,似曾相识。我给每人买了一个。

接下来我没有上网吧,而是流星赶月般回了家。当我来到那外地人面前时,他还在呆呆发着愣,见我又来他看上去更紧张了,不知道我又将使出什么坏点子。

我从书包里掏出两根香喷喷的老玉米递过去,发自肺腑地说:"叔,对不起!"

我之所以这么做,是因为在山顶上,那个卖熟玉米的是我爸。

当我发现是爸时,我恍然大悟爸早就失业了,他是为了我的自尊才瞒着我干了这个,他之所以分外疲惫、分外易怒,是因为做这门小生意既辛劳,又受人家的气。所以爸才分外理解那个外地卖水果的。

在见到我和同学的一刹那,爸神色尴尬极了。我咬住嘴唇叫过同学,说:"这是我爸。"

所有人全一愣,我又说:"爸,我和我的同学都想吃你煮的玉米,一吃过玉米我就回家做作业。"

掉过头我对大伙大声说:"听着,谁以后再上网吧,我就坚决不认他这个朋友!"

最小气的人

九月份,天格外的高远,空气格外的凉爽,而我格外的兴奋,因为我和爸爸生平第一次来到了一座大城市里,我是来上大学的,爸爸是来送我的。

忙忙碌碌安定下来后天已晚了,爸却要坐火车连夜回去,我一听就明白了爸的心思:爸是舍不得住宿钱。爸一直就是一个十分小气的人,平日里恨不得把一分钱掰成两半花。

当爸匆匆走后我忽然担起心来:这时爸还会打到火车票吗?万一打不到票爸又住哪里呢?

想到这点我再也坐不住,立即动身直奔火车站,然后在候车室大门口的台阶上我一眼就看到了爸,他正孤零零地坐在台阶上,一边大口大口有滋有味地啃着一只馒头。

见我来爸先是一愣,然后一脸尴尬地笑了笑,说:"火车票是明天早上八点的,我反正睡不着,所以就不住旅馆了,就在这坐坐,这里蛮干净的。"

我默默地在爸身边坐了下来,爷儿俩一时不说话,只顾抬头看天,天上有几颗星星发出暗淡的光,一副没精打采的样子。

我说:"这星星没有咱家乡的亮。"

爸用力点点头,说:"可是咱家乡没有人家城里有钱,你看人家这高楼、这大马路,把爸的眼都看花了,所以爸让你上大学是做对了。"

我知道爸这句话的含义,当我接到大学录取通知书时村里人曾劝过爸不要让我上了,因为费用太高了,远不是咱农村人能承受的,何况家里只有爸一个劳力。爸也曾犹豫过,可最终还是拼命借钱让我来到了这里。

爷儿俩不知坐了多久,爸忽然惊叫起来:"你怎么还不回学校?回去迟了是要挨批评的。"

我倔强地说:"要我回学校可以,你得找旅馆住下,现在是秋天了,夜里露水很重的。你不住下,我就不走,一直陪你到天亮。"

爸一听噎了一下,眼睛就瞪起来了,我一向很是害怕发火的爸,可此时此刻我不怕他,片刻之后爸痛快地说:"你长大了,敢跟老子讲条件了,行,这回我听你的,走,咱爷儿俩一起动身。"

于是,在如水夜色里,在凉爽的夜风里,我和爸站起身拍拍屁股各分东西,我回学校,爸去找旅馆。

第二天天还没完全亮,我又来到火车站,我估计小气的爸爸肯定不会吃早饭的,哪怕是一碗面条,而且昨晚他也没吃饱,所以我想强行劝他吃饱了再上火车,否则他会一直饿到家的。

可是我被候车室大门口的一幕惊呆了,只见台阶上,昨晚爸和我坐过的地方斜躺着一个人,他大声打着鼾,那么香甜,那么舒心,脸上全是满足的笑容,那正是爸爸!或许因为我,他正做着许许多多美好的梦吧?

惊呆的远不止这个,我还看到台阶上、广场上,横七竖八地坐着、躺着许多人,他们都是跟爸爸一样的装束、一样的肤色、一样十分满足的神情。

原来这世上不止我爸爸一个"小气"人。